卡術師

軸見康介——著

1

一開始的時候，我的行動經常以失敗告終。

使用不屬於自己的東西，跟和別人的女友上床一樣，總是使我一不注意就會分神。我經常思考，「所有權」的概念是人類與生俱來的嗎？就像呼吸、進食、睡覺和做愛一樣，是一種不需要刻意學習就擁有的本能嗎？正因為有這個概念，人類才會拚命搶奪一切能夠拿到手的資源。換言之，如果它確實是本能的話，代表人類注定不可能和平共處，戰爭也必然會持續存在著。

美國紐約的哈利・戈法以九百三十元美金購入一條牛仔褲，加上一百元的運費，總共一千零三十美元。

巴西里約熱內盧的瑪莉安・施華以四百三十元購入一個皮夾，加上運費總共是五百二十美元。

我開啟了網絡位址在紐約的電腦模擬器，連上幾個月前架設好的古著網店的購買頁，輸入了哈利的信用卡資料。因為怕打錯三個數字的檢查碼，我還特地確認了兩次才按下確定鍵。

不管做了多少次，驗證的階段還是會緊張，等待的時間總是有種抑鬱的漫長感。我點起菸敲著桌子，彷彿這樣做能夠驅走不安似的。螢幕顯示出交易完成後，我才總算鬆了一口氣。哈利是個四十二歲的美國人，我剛才使用的是他的VISA白金卡，距離到期還有兩年左右的時間。

近年因為白金卡越來越普遍的緣故，導致它的價值也連帶下降了。不只在通過網絡認證方面沒有以往般容易，甚至連信用額也縮減了不少。儘管如此，白金卡資料的黑市價格依然沒有大變動，仍舊徘徊在十五美元到五十美元左右，視乎持有人的信用評級。

希望不會觸發銀行的簡訊通知功能吧。我這樣子想著，一邊極其緩慢地吐出煙霧。我沒有查閱過哈利的信貸報告，要是想完全了解這張卡的一切，包括持有人的信貸紀錄、信用卡使用紀錄和地點等等，至少得再花一百美元以上。比起金錢，時間上的花費是更頭痛的地方。

我們稱之為「卡術」的這個行業，是一種藉著花錢購買基本需要的「工具」和「組件」後，再運用技術把其轉化成自己的錢的煉金術。

簡單而言，卡術的原理是透過偽裝成信用卡的持有人，瞞過網絡上的認證和安全系統來進行金錢流動的活動，再神不知鬼不覺地把那些錢轉到自己的手上。原理看似簡單，可是實際上面對的障礙多得無法想像。因此，即使是最優秀的卡術師也無法保證每次都能成功，甚至可說正因為技巧高明，才更清楚每一個步驟都隱藏著失敗的風險。

所謂「工具」指的是必要的電腦軟體，例如虛擬網絡、系統模擬器等等，而「組件」則是圍繞信用卡而生的各種個人資料。視乎「供應商」而定，組件也有不同等級的分別。

最便宜的組件被稱為「麵碎」，包含了信用卡的基本資料，也就是卡號、到期日和檢查碼，有時甚至連持有人姓名也缺乏。由於能夠用到的地方不多，就像即食麵的麵碎一樣，因而得到這個稱呼。「麵碎」的價值並不高，一般來說只值五美分左右。

比「麵碎」高一個級別，包含信用卡持有人完整個人資料的稱為「簡歷」。除了基本資料外，還會附上持有人的地址、工作、信貸紀錄，甚至可能連使用的電腦作業系統也能知道。相對地，價錢也比麵碎高出很多，一份優秀的簡歷至少需要花上一百五十美元才能得手。

單靠工具和組件幾乎什麼也做不到，還必須經過「身分工程」才能把手上的組件化為金錢。身分工程指的是如何使用組件把金錢轉到手的過程，很多人以為盜用信用卡跟駭客差不多，但實際上即使沒有豐富的電腦知識，只要知道做法也能成為卡術師。

從第一次實行卡術起已經過了五年，因為卡術的世界時刻也在改變——尤其是網絡的安全系統——，所以即使是相同的方法，做法上也經歷了不少調整。我使用的方法是架設一家偽裝用的網店，藉著製造假的銷售紀錄，把盜用的信用卡內的錢都轉到網店的帳戶下。

網店所售的貨物圖片全都是從其他地方偷過來的，價錢也比其他店子高了百分之二十。之所以選擇古著的原因沒有別的，單純因為古著不但能賣出可觀的價錢，而且不容易引起販賣平台的懷疑。以一件有紀念價值的古著外套為例，即使能以數千美元的價錢賣出去也不是罕見的事。

特地設定比其他實際營業的店子貴的價錢，是為了避免不知情的人真的在這兒購買。話雖如此，即使出現了真的客人，只要從別的網店購買他想要的貨物再寄過去就可以，也能賺取中間的差額。再者，如果一間網店全都是偽裝的交易的話，風險也會大大提高，因此偶爾混雜真實的交易也能有效掩飾。

即使交易成功，也不代表已經成功得到錢，倒不如說這只不過是整個過程的第一步而已。現在使用的網店平台在交易完成後，需要等兩星期才能把錢轉到我的帳戶內，換言之這兩星期內信用卡的持有人不能發現自己的信用卡被盜用，否則交易就會取消。順利經過兩星期後，我還要再把網店帳戶內的錢經過幾重轉移，澈底隱藏其來源後轉到自己個人的帳戶內才算是真正的完成。

我吸了最後一口菸，把菸蒂丟到旁邊的菸灰缸上，合上眼睛把頭後仰讓自己休息一下。今天已經足夠了。經營不久的網店要是頻繁地交易的話，很容易會引來平台的起疑。我曾經有好幾次就是因為這個原因而導致被封鎖了，因此不希望再犯這種失誤。

肚子有點餓。我在桌子上拿起一張隨意放著的信用卡，戴上口罩出門，故意走到離家比較遠的便利店。我把六罐裝的咖啡、啤酒和幾個泡麵放到籃子裡，再要了兩包常抽的菸，把剛才的卡拿出來結帳。這張卡是「供應商」送給我的，偶爾向他購買組件時，他會附上好幾張實體卡給我，彷彿只是在市場買菜送的蔥似的。

實體卡幾乎沒有價值。跟網絡的卡術不同，一旦持有人發現實體信用卡被盜的話，馬上就會打電話到信用卡公司終止服務。再說，要使用實體卡的話幾乎沒有安全的地方，因此只能用在便利店這種即使被發現了也不會構成嚴重問題的地方。

「客人，很抱歉，這張卡無法使用……」店員一臉抱歉地說。

「沒關係，我付現金吧。」

果然如此。我裝出稍微困惑的表情，從皮夾內拿出紙鈔結帳。

回家的路上我故意放慢腳步，不時停下來掉頭確定沒有人跟蹤自己。

我從小時候起就喜歡混在人群中。只有和周遭的人群同化，我才能感受到安心的感覺。不會被誰注意到，宛如向著同一方向游的魚群中的一員。正因如此，身處在鬧市比起安靜的郊外反而更令我自在。

大概是從一年前開始，偶爾獨自一人的時候我會產生一種被跟蹤的錯覺，那種被不知名的眼神凝視著的感覺使我渾身不舒服。恐怕是卡術的後遺症吧，我總是這樣想。這是使用不屬於自己的東西、注定被世界唾棄的我所必須承擔的不安。

「我無法接受像是建築工人，或是送貨員之類的男人……我說，一看就知道我跟那種人是活在不同的世界吧？」

宛如貴婦般有著不必要的悉心打扮、年紀初老的女人喋喋不休地說道。

「不是經濟上的問題，而是價值觀相差太遠了。雖然這樣說有點失禮，可是會做那種工作的人，恐怕滿腦子只是想著女人的肉體吧？說來可怕，不久前來我家的那個男人……明明只是來商量裝潢的事情，卻一直用一種不懷好意的目光盯著我……害得我光是在擔心他會不會突然做出奇怪的事情，結果關於裝潢的內容都幾乎忘記了，你明白我的意思嗎？」

婦人露出厭惡的表情，好像期望從我身上得到認同似的。她大概沒察覺自己說話的時候經常無意識地露出胸部。我瞄了一眼放在旁邊的筆電，姓安田的婦人今年五十八歲，半年前付了四萬日圓成為我們公司的會員，不曾有過約會。

「我明白了。但是很遺憾地通知安田小姐的是，符合妳的理想條件的男性都是鑽石級的會員，因此如果妳希望能和他們見面，必須再付五萬日圓升級……」我露出困擾的表情，好像問題真的是出在這兒似的。

「等一下，我不是說過安田是我前夫的姓氏嗎？之前紀錄資料時我一時忘記才用了這個姓氏，後來我在電話中已經跟你的同事解釋過了，你們沒有溝通的嗎？請把姓氏改回渡邊。」

我軟弱無力地點頭，裝作在電腦上打字。

「還有，為什麼又要再付五萬圓？明明之前來的時候說好了我付四萬圓就能跟不同的人見面，當時還給我看了好幾個男人的資料，又是醫生又是銀行家的，難道只是引我付錢的騙人手法嗎？」

說得沒錯。我沒有把這句話說出來，裝出煩惱的樣子。我也沒有告訴她根據電腦系統，她的會籍早在三個月前就過期了。

「說到底，本來就是那個叫安田的男人的錯，我很年輕的時候就嫁給他了……你能相信嗎？三十多年的婚姻，最終換來的竟然是他搭上了另一個女人，還好像故意要讓我知道似的。我是個藝術家，他則擁有自己的畫廊……想不到在一次展覽中，竟然還出現了另一個女人的畫，賣的價錢還要比我的貴。口口聲聲說著是為我而辦的展覽，其他人的畫卻賣得比我的還貴，這樣子說得通嗎？他卻說是沒辦法的事……為什麼是沒辦法的事？明明我才是他的妻子！那個時候我就察覺到了，他跟那個女人肯定有不可告人的關係……果然被我料中了。我們離婚後不久他倆就開始交往了，真是個不知羞恥的男人啊，竟然以為跟比自己年輕二十年的女人在一起能得到幸福什麼的……」

婦人咬牙切齒，猙獰的樣子跟她的貴婦打扮毫不相襯，我好像明白了她為什麼會被拋棄。正當我思考著該說些什麼的時候，傳來敲門的聲音，千佳正在外面向我招手。

「得救了，我還在想什麼時候她才會停止說話。」甫出門我就說。

「怎麼樣？她會付錢嗎？」千佳問道。

「我是沒自信哩……她半年前付了四萬圓，至今為止連一個男人也沒見過。她的自尊心也很重，非得要醫生或是律師之類的才願意見面。」

「你沒有把精英級的會員展示給她看嗎？」

「找不到可以插嘴的空間。她只顧自說自話，我都搞不清楚她到底是想解決問題還是單純想有人聽她說話了……」

「這個人就交給我吧，你先到一號房間，有另一個投訴的客人。」

「又是投訴？是美女嗎？」

「以她的年齡來說是的。」

千佳狡猾地笑了一下，走進房間內。她關上門之後，我才想起自己沒有提醒她這個婦人姓渡邊。

因為千佳的邀請，我從三個月前開始在這家配對約會公司工作。有一次喝酒時，她沒來由地提出這個想法。

「我說，你要不要來我的公司工作？」

當時我還以為她喝醉了，因為我早就聽她說過這家公司的運作方式，而且她也知道我一直都靠卡術賺錢。

「你指那家黑心企業？饒了我吧，怎麼突然提起這個？」

「我待在這兒半年了，最近總覺得有點寂寞……剛開始的時候確實挺有趣的，但適應了以後就變得很無聊。於是我就在想，要是有個認識的人就好了，畢竟跟公司內的人都不常聊天。反正你在家也只是當駭客或是嗑藥吧，就當陪我一下嘛，幸運的話說不定還能搭上幾個女會員。」

雖然已經解釋過好幾次，但是千佳還是一直把卡術說成是駭客，我也懶得糾正她了。

「什麼？跟會員搭上也可以嗎？」

「與其說可不可以，倒不如說社長根本不管……對他來說只要有錢就可以了。即使搭上了公司的女會員，只要她們持續付錢他還會稱讚你呢。」

跟傳統的婚姻介紹公司不同，這家約會配對公司是以介紹客戶的理想對象並促成約會為主要業務。一開始先透過電話聯絡對方，一旦確認對方是單身就邀請他們到辦公室進行「諮詢」，再不擇手段地哄騙對方付錢成為會員。社長是一個名叫米村、三十中旬的男人，公司內的一切事務都掌管在他手上，工作原則基本上只有「賺錢」。

事實上，單看公司的運作模式並不容易察覺不妥。成為了會員後，公司的員工就會根據客人所說的理想條件，安排他們跟符合條件的會員見面。跟交友程式不同的地方是，由於會員都是經過人手審核的，因此能確保對方是單身並且有意尋找另一半。另外在為客人配對方面也一樣全靠人手配對，因此能夠保證配對的對象符合客人想要的條件。

可是實際了解過內部的工作環境和生態後，才會真正發現這家公司的腐敗，甚至對它不但沒有接近倒閉，而且還能持續賺錢這一點感到很不可思議。這家公司唯一，同時也是最大的問題就在於社長的經營手法。

首先，雖然對客人說的是人手配對，但實際上也只是由電腦根據客人所要求的身高、年齡和薪金要求作配對，因此很多時候選出來的對象跟客人要求的完全不符。另外，由於配對後必須雙方都有意願才能見面，導致經常出現只有單方面想見面的情況。

其次，雖然社長聘請了一班負責客戶服務的員工，但他們的薪金低得可憐，只有在成功為客人配對的時候才會有佣金，於是理所當然地他們只會專注為客人配對，即使是不符合要求的對象也硬推給對方。

最大的問題，在於根本上的運作結構。即使有足夠的客戶群，但是會求助於這種公司的人，很大機會是因為本來就有著不同的個人問題才導致找不到伴侶。雖然確實是有那種明明有著優秀條件，卻因為工作忙或是高要求而維持單身的客人，但終究只是一小部分而已。因此，那些被我們列為「精英」的人就成為了每個人都希望見面的對象。會付錢成為會員的人，大多都是無法看清自己問題、對自身有著錯誤的客觀評價並認為自己值得一個優秀的伴侶，這種根本上的錯誤正是導致他們被騙的原因。

依靠這種不良營銷手法的公司，理所當然會遭到多不勝數的投訴。不只是跟客戶服務員投訴，直接跑到公司來，甚至報警的人也不少。除了推銷新客戶外，我們的主要工作就是應付投訴。由於不可能退款，面對投訴的客戶時只能儘量安撫對方，或是像社長所說的「推銷升級會員」。

事實上，不管是什麼等級的會員所得到的服務都是一樣的。當初之所以分不同等級，只是因為社長認為這樣方便推銷不同價格的會藉而已。後來社長發現客戶付了錢後就沒有利用價值，於是再次在本來的金銀銅以上加設了白金和鑽石的會員級別，要求我們推銷升級服務。

簡直就像信用卡公司的分級制度。我曾經這樣想過，可是至少信用卡的分級確實有著差別。

儘管業績不理想——我不擅長推銷連自己都不相信的東西——但是我並不抗拒這份工作。除了陪伴千佳外，在卡術方面我也有不少得益。因為會費並不便宜，很多客人都選擇以信用卡付錢，那些時候我總會偷偷把卡的資料記在腦中，之後再找機會抄下來。

好不容易處理完最後一宗投訴後，已經過了晚上七時的下班時間了。千佳提議到以前常去的居酒屋喝酒，我想起有一段時間沒去過後就答應了。

「那個老女人真讓人受不了……明明不斷強調錢不是問題，但就連我把價錢壓到五千圓也不願意付，活該她找不到男人。」千佳把啤酒大口灌到嘴裡，不停地抱怨。

「我忘了提醒妳，她說安田是她的前夫的姓，現在姓渡邊。」

「誰管她啊。都快六十歲了還活在幻想中，以為付了幾萬圓就能找到一個無條件愛自己的男人，難怪會被我們公司騙。」

「我也是在這兒工作後才知道原來這樣的人有很多……當初真的難以置信。」

「因為這種人從不會好好反省自己，總是把問題怪在別人身上。該說是盲點嗎？總而言之，明明很顯然地問題是出在自己身上，卻好像要故意忽視它似的……」

千佳把剩下的酒一口氣全倒進喉嚨，看了看黏在杯底殘留的幾滴後，向經過的店員示意再點一杯。

「話說，小光沒問題嗎？妳又把他一個人留在家了？」

「那小子都長那麼大了，該學會獨立了。」

「把自己的兒子叫做『那小子』什麼的……」

小光是千佳的兒子。雖然千佳只有二十七歲，但因為很年輕就懷孕的緣故，現在小光已經八歲了。

「他也知道我要上班，不然怎麼有錢把他養到現在……努力工作後來這種地方喝酒是我應得的一點安慰。不是每個人都能像那個老女人一樣靠男人的錢生活好幾十年，她根本就跟吸血鬼無異吧。」

千佳在生下小光不久後就跟本來的丈夫離婚了，可是並沒有提起過原因。多年來，她為了照顧小光做過很多工作。

「沒錢的話就會為錢煩惱，可是有錢的時候還是會為別的事煩惱……只不過煩惱的事情不是錢而已。這樣子思考下去的話，反而覺得沒有錢的生活或許更好吧，至少煩惱的事情就只有錢……而且生活也會更有動力不是嗎？」

「或許吧。」我隨口說道。

雖然沒有想過這種問題，但我倒是認同不管有沒有錢，人類還是會有煩惱的事情。

「少裝了，你根本不明白吧？真羨慕呢，每天窩在家裡就能賺到很多錢什麼的……」

「我也是有付出的，才沒有你說的那麼輕鬆。再說，實際上也並不是真的那麼好賺，比起金融業的人也賺得少。」

「用金融業來當比較對象這一點已經足夠讓人沮喪了。」

我聳聳肩代替回答。

「既然你有這麼多錢，難道就沒有想做的事情嗎？」

「我沒想過這種事情。就像剛才說的，我不是光坐著就有錢，平常光是應付卡術的事就已經忙不過來了。」

「你在開玩笑吧？難道你就沒有想過偶爾去個旅行之類的嗎？即使是國內的也算。」

近兩年來我也沒有想過類似的事情，彷彿生活中需要在意的事情就只有卡術。

「要說的話也是有的，到荷蘭旅遊曾是我的夢想。」

「荷蘭嗎……確實很符合你的風格呢。你想去的話隨時也可以吧？」

千佳露出不懷好意的表情。

「雖然是可以，但有很多事情需要事先計畫的吧？以後比較空閒的時候再想也不遲……」

「又來了。算了，當我沒說過吧，看來你也有盲點呢。」

千佳揮了一下手，再次把啤酒杯拿起來。

我是在三年前，經初川前輩認識千佳的。我跟初川前輩從大學時期就很要好，也是他教會我卡術的。第一次在居酒屋認識千佳時，她跟初川前輩正在經營一個賣女性二手內衣的社交帳號。

「老實說，實際經營過後我才知道這個世界上真的有很多變態。」初川前輩吃吃地笑。

「因為你是男人才不知道吧，我倒是認為很平常。」

比起初川前輩玩樂似的心態，當時千佳看起來是蠻認真地經營那個帳號。

「你們賣的內衣都是真的嗎？」我好奇地問道。

「當然不可能全部都是真的。要確實在內衣上沾上體味的話，需要持續穿著很長的時間，一旦考慮到這麼多客人就知道根本不可能。這個方法我也是從另一個朋友處聽來的……她說只要打幾隻雞蛋，放到太陽下曬半天，再塗上內褲處用水擦散，乾了的時候就會有類似沾上了分泌物的效果。老實說我並不知道是不是真的相似，但至今為止收到內衣的客人都很滿意，因此我就不管了。」

當時初川前輩大笑的樣子，還有淡然地說出這番話的千佳滿不在乎的表情，至今我仍清晰地記得。

千佳很在意金錢，但從來不會佔別人便宜。她的性格爽朗獨立，一旦決定了的事情就會認真去做，少見有優柔寡斷的樣子。相比起顯而易見的傲人身材，她的個性有著更大的魅力。即使有一個兒子，千佳仍是不乏追求者，可是不常聽她說有穩定交往的對象。

「說起來，初川前輩還是沒有任何消息嗎？」

「沒有，一個月前我又打了一次電話給他，現在連號碼都取消了……」

千佳臉上閃過一種滲透了不安、恍惚又有點憤怒的表情。

初川前輩從半年前開始下落不明。沒有任何先兆，沒有留下任何訊息地消失了。因為長期徘徊在灰色地帶工作，初川前輩的行蹤總是飄忽不定，有時甚至會跑到國外去。他就連電話號碼也不定期更換，因此聯絡不上也並非特別罕見的事。

儘管如此，消失得如此徹底還是第一次。我和千佳曾跑到他的單人公寓處，可是卻從房東處得知他早就搬走了。初川前輩對於熟人以外的人並不多話，因此房東也無從得知他到哪兒去了。

簡直就像從來沒有這個人存在過。千佳曾經提議報警，可是被我反對了。除了無法相信警察以外，單憑我們說的話也不足以讓他們開始調查。國內一年中失蹤的人多得無法想像，而且大部分也是出於自身的意願，因此要是沒有辦法證明有案件成分的話，警察只能備案了事。再說，初川前輩的工作大部分都避免牽涉到警察，要是他真的有某種原因才選擇消失的話，報警只會為他帶來不必要的麻煩而已。

「這不是很奇怪嗎？雖然那傢伙總是一副吊兒郎當的性格，可是這樣絕對是被捲進了什麼事件吧……？」

千佳說的時候，身體微微顫抖著。雖然想安慰她，可是卻想不到合適的說話。

「除了等待他主動聯絡我們，恐怕也沒有別的辦法了。」

不只是她，我也很擔心初川前輩的下落。可是除了漫無目的地等待，我們確實無能為力。或許是因為提起了初川前輩，千佳彷彿放逐了自我般喝個不停，我好不容易才能把她帶離店子。她一踏出門口就坐倒在地上，引來了途人的異樣目光。已經過了末班電車的時間了，我只好把她的手扶在肩上，走到大路攔計程車。

千佳的臉就在旁邊，甚至能嗅到她嘴裡呼出的酒味。我們擠上了計程車後，密閉的空間內瞬間被酒精和女性荷爾蒙交織出的氣味填滿。

3

好不容易到達千佳住的公寓後，甫進門她就直接倒在沙發上，連鞋子也沒脫。我坐到飯桌的椅子上歇息，點起一根菸。千佳躺在沙發上的姿勢，奇怪得宛如一個人形文字。她的臉因為酒精而變得泛紅，散發著成年女性獨有的魅力，我不自覺地看得出了神。

我們曾有過一段短期間的肉體關係。最初的契機是某次我們單獨喝酒，碰巧電視正在播放的就一場棒球賽。即使不懂棒球，但從其他客人的熱情反應也能得知那是一場矚目的比賽。

「要不要打賭哪一邊會贏？」千佳突然開口。

「白衣那隊，十萬日圓。」我隨便看了螢幕一眼說道。

「像個正常人好嗎？不是每個人都跟駭客一樣賺這麼多錢的。」

「……那麼妳決定賭注吧。」

她想了一下，露出一抹淺笑。

「不然這樣吧，你輸了就拿出十萬，我輸了的話……之後就跟你上酒店。」

白衣球隊的第四棒打出那記本壘打時，我拚了命才壓制住大叫的衝動。

千佳脫下衣服後的傲人身材，蘊藏著能夠直接挑動男人原始本能的魅惑，簡直就像是某種蠻不講理的暴力。我貪婪地需索著她的肉體，彷彿要把內在最污穢不堪的一面統統透過她的肉體展示出來似的。她不但沒有半點驚訝，反而好像對我的反應很滿意似的。

「粗暴一點也沒關係……不，請粗暴一點吧。把我當成物件……澈底地使用我的身體來滿足你的慾望吧。」

那時候她的視線雖然正看著我，卻有種並不是對著我說的感覺。她的眼神彷彿穿過了我的身體，向著不存在的某種事物說著。

「一旦想到自己正被某人當成玩物，我就會感到更興奮……沒有正當的原因，純粹為了釋放攻擊性的性愛。我經常想像，要是某一天走在路上突然被人蒙上眼睛帶走就好了——被帶到某個像廢墟般空洞的地方，不間斷地被侵犯著……對我而言那是一種最高的享受。只有在那種時候，我才能夠脫離自我的標籤……肆意地使用著我的男人們，就像要把我的自我也一併抹消似地日以繼夜地侵犯著我，我想永遠停留在那種混沌裡……」

千佳渴望的並不是「成為屬於某個特定的人的東西」，而是藉著侮蔑自己的價值來成為世界的一部分。恐怕對她而言比起「自我」，金錢來得有價值多了。彷彿被感染了似的，那一晚我的慾望傾盆而出，一次又一次地使用她的身體。

維持了肉體關係三個月後，因為千佳交了男友而停止了。儘管如此，我們仍會像之前一樣去喝酒，只是沒有再上床。我們似乎變得更親密了，就像是找到了剛好的距離，即使她後來跟那個男人分手後也再沒發生過關係。

我把菸熄掉打算離開的時候，傳來房門打開的聲音，小光睡眼惺忪地走了出來。

「小光，好久不見了，吵醒你了嗎？」

我不確定他還記不記得我。已經忘了上次見到他是什麼時候的事了，是在跟千佳上床前嗎？小光搓著眼睛環顧四周，接著吐出一句「嗯」。

「媽媽又喝醉了嗎？」

「讓她在沙發上躺一下吧。你也趕緊回去睡吧，明天要上學吧？」

我不擅長跟小孩子相處，只能順著狀況說些有的沒的，但馬上又覺得並沒有這個必要。

「明天是假期。」

他不帶感情地說道。這才想起第二天是星期天，我和千佳也不用上班。不知從何時開始，我對日子就失去了概念。小光走近千佳，把她弄成躺得比較舒服的姿勢，成年人的體重對那小小的身體來說有點吃力。我心想沒必要再待下去，於是跟小光說「我先回去了」。

「那個……」小光突然叫住了我。

「你也跟我媽媽做過那種事了吧？」

我轉過頭去，盡力掩飾自己的驚訝。雖然沒有明說，可是不用說也知道他指的是什麼。

「你指的是……？」我假裝不明白，但恐怕表情藏不住內心的動搖。

「……果然是這樣呢。」

小光的眼裡閃過一絲悲傷，可是很快又收起來了。

「不要緊，我只是問問而已……而且你看起來也不像壞人。」

我想說點什麼，可是發不出任何聲音。為什麼小光會突然這樣問？難道千佳即使在小光面前也會做那種事嗎？

「……我先走了。」勉強吐出來的就只有這種宛如落荒而逃似的說話。

我在大路攔了一輛計程車，司機輕快的態度像是難得會在這個時間遇上客人。總算平靜下來後，一股羞恥感沒來由地從胃部流竄全身。為什麼會感到羞恥呢？明明對成年人來說是普通不過的事，為什麼我會因為被小光質問而變得不知所措呢？

我詢問司機可不可以抽菸。他沒答話，默默地打開了我身旁的車窗。我點起菸凝視著外面，不知為何總覺得相同的景色每隔一段時間就會再出現。羞恥的感覺揮之不去，那種不安感就像混在人群中的自己忽然被鎂光燈照射著一樣。

被發現了。大家的目光都集中在我身上了。明明我並沒有傷害任何人，但是猶如古時候的公開處刑，人們用大義凜然的藉口把內在的惡意投射到跟自己無關的人身上，以聖者的姿態去審判從社會規約中脫軌的人。初次發現使用的卡被持有人取消了時，我也曾有過這種感覺。雖然對方並不知道我的存在，可是他知道有些事情不對勁了，因此才取消了那張卡吧。

小光的視線殘留在我的身體某處。難道我在不知不覺間，把小光當成了千佳的所有人嗎？我嘆了一口氣，把菸蒂用手指一彈，它一瞬間就消失在夜晚的景色中。

回到家後，連一絲倦意都沒有。我打開筆電，漫無目的地在網上瀏覽著各種各樣的垃圾資訊。網絡從來沒有正面的訊息，一直存在的只有讓心情變得更糟的東西。它就像是世界的縮影，越是接觸得多就越是了解這個世界是多麼的腐爛，就像一片由淤積多年的嘔吐物和食物殘渣混合出來的污穢泥濘。可是網絡終究是由人類構成的，是人們選擇把它造成一個惡意的聚合物，任尤其無止境地成長，而網絡本身只是漠然地看著人類所做的一切而已。

千佳躺在沙發上的媚態突然浮現在眼前。宛如反射動作般，我開啟了一個色情網站，但是下一秒又感到厭膩而關掉了。我向後靠著椅子，彷彿想把整個人都陷進去似的。或許因為今天提起了他，我又想起了初川前輩。當初他教我卡術的時候，正是由色情網站開始的。

「……『麵碎』雖然有著信用卡的基本資訊，但因為持有人的訊息不多，所以幾乎什麼都做不了。」

「為什麼？不是只要有信用卡的號碼、到期日和檢查碼就足夠了嗎？」

「要是這麼容易的話就不會有人認真工作了吧。」

初川前輩笑起來時看起來像是卡通裡出現的狼。

「用信用卡進行交易的時候，實際上會經過多重驗證程序，不同的平台也有著不同的安全標準。比如說，要是你擁有的麵碎是一張來自法國的信用卡，那麼一直以來都在法國消費的卡突然出現一筆在日本的花費不是很奇怪嗎？這種情況馬上就會啟動卡的防衛機制。防衛機制更高的系統，甚至會根據之前的消費習慣，還有使用的電腦或手機型號來判斷那張卡是否被盜用。我們無法知道防衛系統是基於何種標準來判定，因此對於卡術師來說，擁有更詳盡的『簡歷』，成功的機會就會越高。即使是技巧最高的卡術師，有時也會搞不清楚在哪一個細節點出了差錯而導致被防衛系統拒絕。」

「那麼照你所說的，『麵碎』豈不是完全沒用嗎？」我問道。

「也不一定。舉例來說，如果卡的持有人是個經常到不同國家出差的人，那麼對於地域上的防衛系統就不會那麼容易被觸發。另外，信用卡本身的等級也有著相當大的影響。要是拿到手的是一張有著高限額的卡，比方說持有人過往的消費都是以十萬圓以上為起點的話，那麼用那張卡進行一萬圓以下的交易的話幾乎不會被發現，甚至可能連簡訊通知也沒有。又或者，要是供應商提供的麵碎是國內的卡，那麼網上購物也是勉強做得到的，雖然還是需要落腳點。」

「落腳點是什麼？」

「假設你擁有一張日本信用卡的麵碎，那麼在網上訂購新型號的手機再轉賣出去這種事情也是做得到的……可是由於太麻煩，沒有人會特地這樣做就是了。所謂落腳點，就是接收網上訂購的東西的地點。畢竟不可能把盜用信用卡買來的東西寄到自己家吧？一般來說，落腳點通常會設在沒人居住的空房子，計算好貨物什麼時候會到達後再要求送貨員放到郵箱內或門前，不然就是直接租一個地方幾天再寄過去。」

「聽起來就覺得很麻煩……」

「確實呢，可是風險高也是沒辦法的事。因此要說麵碎真的有什麼用的話，頂多就是訂閱色情網站或是網上的娛樂頻道而已。只是這種程度的話，防衛系統幾乎都不管，也不會被持有人識破。」

初川前輩說完後就即席示範了一次，他連進了某個大型的色情網站，用「麵碎」申請成為了最高級的會員。眨眼間就完成了，絲毫不覺得中途有經過任何審查系統。

「為什麼要告訴我這些事情？」

跟初川前輩之所以會變得熟稔，是因為他以前是我在大學裡的藥頭。我們經常一起到處混，喝酒和打架。雖然總是幹著見不得人的工作，可是他的性格開朗得讓人無法討厭。話雖如此，對他來說能算得上好朋友的人也不多。

「沒有特別的原因，我只不過是告訴你我知道的東西罷了……至於你覺得有趣或是無聊，我一點都不在意。」

他又露出牙齒吃吃地笑。

「硬要說的話，或許是因為我覺得你有這方面的才能吧。」他想了一想，突然又加上這句。

「你是說卡術的才能？」

「不對。不只是卡術，而是在犯罪方面……」他欲言又止，好像不知道該什麼說似的。

「你在說什麼啊，才沒有這種事呢。」

儘管我笑著否定，但是他的眼神十分認真。

「你還記得之前那個女生的事嗎？」

他說的是我們大學裡一個偶爾會遇見、用他的話來說就是「滲透出色情感覺」的女生。初川前輩對她很有興趣，搭訕認識不久後得知她有一個交往中、跟我們同一所大學的男友。本來並不在意的初川前輩，後來不知怎的被那個男友發現了自己的存在，對方還特地前來理論，一言不合下被我們痛揍了一頓。結果因此初川前輩也沒有再和那個女生見面了，幸好他並不感到可惜。

「當然記得，但是跟她有什麼關係？」

「一開始我跟你說對她有興趣的時候，其實根本沒有想過要怎樣……要是不行的話再找別的女人就好了。但是，後來你若無其事地把迷暈藥拿給我時，真的嚇了我一跳……你臉上的表情，彷彿只是一件稀鬆平常的事似的。」

「因為你說對她有興趣，我才以為……」

我想為自己辯護，卻在中途無法說下去。事實上，我早就忘記了這件事。

「我並不是在責怪你。只是直到那時候，我才發現原來一直都不了解你。」

「才沒有這種事情呢，我認為初川前輩是最熟悉我的人。」

我確實是這樣想的。跟初川前輩在一起的時候，我總是感到很自在，也不認為有什麼不能對他說的事情。聽到我這樣說，他露出了微笑。

「恐怕你沒有自覺吧。揍那個男友時也是，你的臉上完全沒有表情，只是眼神呆滯地持續一拳又一拳打在他身上……我是第一次看見這樣打架的人。要不是我制止你的話，你大概會一直打下去吧。

那個時候我就察覺到了，或許你並沒有所謂罪惡感吧……我是這樣想的。」

當時他的表情看起來有點寂寞。我無言以對，任由沉默把我們二人覆蓋。

我確實沒有罪惡感。對錯終究只是人類用來排除異己的產物而已，為這種事情設立標準根本沒有意義。不管人類做了什麼，世界也只會不帶感情地觀看著而已。但是，我也沒有因此而涉足更深處的惡。對我而言，卡術的領域正好適合我——透過輕蔑這世界的價值來獲取可觀的金錢，同時在宏大的網絡世界中把自己隱藏起來。

我躺到床上，酒精令我不斷翻來覆去無法入睡，一旦閉上眼睛就會感到頭痛。腦海中浮現出初川前輩的笑容，伴隨而來的還有不安感，我馬上強逼自己去想別的東西。無預兆地，千佳的臉浮現出來。腦中的她緩緩地脫下衣服，就像故意要戲弄我的慾望般緩慢。映像忽遠忽近，猶如無實體的浮游物似的。

我不斷把腦中的她變得更淫穢，宛如必需要利用性慾蓋過其他的感情，甚至幻想出從未發生過的片段。很快地，我的思緒就被赤裸的千佳完全佔據了，奇怪的是我對這種宛如人工造的性慾感到很滿意。彷彿為了獎勵自己，我把手伸向自己的性器。

4

電視播放著某個非洲國家發生恐怖襲擊的新聞。為了抗議政府對人民的壓制，反政府軍在市中心的一輛汽車上放置了炸彈，把數十個無辜的平民炸死了。受傷的人正在畫面上哀鳴，遠處還能聽到尖叫聲。播報員著急地報導著現場的情況，好像隨時會再發生爆炸似的，負責拍攝的人的手也不停顫抖著，無法好好拍攝猶如地獄般的光景。

財富不均。腦海不期然浮現了這句說話。要是身處權力高處的人有認真地管理國家的話，根本不可能會發生這種事情。只有身在社會邊緣，深切體會到資源不公的人才會做出這種事情。有著穩定的生活，不需要為未來而擔憂的人，才沒空去做這種沒意義的事。即使在人多的地方引起了恐慌，數以百計的人因此而受傷甚至死亡也好，權力高處的人也只會依然故我，用著上帝的視角去嘲諷他們的憤怒。

玩家「上野的弓箭手」選擇「全押」。

心思飄回眼前的螢幕，對我而言非洲的事件遠不及對方的這一手重要。

我把星期天設定為「賭博日」，只有這一天我會在線上賭博網站內玩遊戲。儘管如此，事實上我並不擅長賭博，遊戲也只是卡術的其中一環。

賭博網站最大的好處是防衛系統很寬鬆，某些網站甚至用麵碎也能成功存款。可是視乎賭場的規則，在提取金錢方面會有諸多的限制。近年來因為加密貨幣的流行，雖然便利性提升了不少，但仍然幾乎所有賭場都有提款上限。

一般來說，一旦在賭場存款，在存款用光前它們不會允許玩家提取全部的金錢。也就是說，我必須先正正經經地玩上好幾局，甚至輸掉大部分才能提款。因為這個緣故，在線上賭場進行卡術雖然風險較低，但能夠賺到手的錢也不多。根據收款形式的不同，有時可能要花上數天甚至兩星期不等。最快的方法是要求賭場使用加密貨幣付款，但壞處是當初若不是用加密貨幣存款的話，很有可能會被限制提款的額度。因此在防衛系統寬鬆的賭場內，我有時會嫌麻煩而選擇直接把錢存進在美國的人頭帳戶內，懶得再多做幾重工夫。

我有幾個經營了半年以上、在美國的銀行設立的人頭帳戶。在美國的銀行設立帳戶非常麻煩，除了需要眾多的文件以外，在安全檢查方面也極度敏感。不管是銀行或是網絡商店，只要是有金錢流動的帳戶全都需要「經營」，也就是從設立到安全系統逐漸放寬的過程。

即使透過買回來的「簡歷」成功在美國的銀行開設人頭帳戶，一旦經營不當在開設後的幾天內被刪除也不是罕見的事。以銀行帳戶為例，新手最容易犯的錯莫過於在海外登入網絡銀行、開設後不久就存入巨額的金錢、或是存入和支出不成比例等等，全都是會觸發銀行安全系統的行為。外國銀行的人頭帳戶雖然可以透過網絡買現成的，可是除了價錢昂貴外，無法找到可信賴的供應商也是我不選擇這種做法的原因之一。

玩家「上野的弓箭手」擁有Q的葫蘆，贏得了三千六百元的獎金。

我用力敲打桌子，顯然只因為拿著一對A就選擇全押並不是明智的決定。雖然從一開始就不是使用自己的錢，可是在這種節骨眼輸掉還是讓人感到很沮喪。不應該冒不必要的風險。我點了一根菸，讓自己冷靜一下。

剛剛那局把這個帳戶內的存款都輸光了。我散漫地凝視著吐出來的煙霧，彷彿要在不規則地四散的氣體中找到有意義的事物般。體內的幹勁正在流失，今天已經沒心情了。雖然才剛過中午不久，但我決定接下來要把某種顏色鮮艷的藥丸送進嘴內，迷迷糊糊地消耗掉這一天。在這之前先存一筆新的款項再隨便多玩幾局好了，這樣看起來也比較自然。

我進入存款的頁面，選擇「用信用卡存款」的選項。看著填寫信用卡資料的畫面，心想一旦這個賭博網站倒閉的話，恐怕連客人的信用卡資料也會一併流向某個供應商的手上吧。事實上或許管理這個網站的人已經在做了，畢竟大家從來都不會知道自己的資料是如何被盜的。我把菸捻熄後，熟練地輸入一個早已背熟的信用卡號碼。

這個即使閉著眼也能無誤地輸入的號碼，來自一張美國運通公司的百夫長卡。百夫長卡是由美國運通公司在一九九九年開始發行、俗稱為「黑卡」的最高級信用卡。相比起其他信用卡，完全不是同一個次元的東西。黑卡無法自行申請，只有被美國運通公司挑選並收到邀請函的人才能申請。它的持有門檻非常高，有著高昂的會費和每年最低花費，與之相對的是能提供無可取替的服務。

最明顯的分別是，黑卡並沒有額度上限。換言之，不管是名車、遊艇甚至是私人飛機，只要有黑卡都能馬上買到。

另外，美國運通公司還會為客戶安排一位專屬的個人經理，照顧客戶的各種需要。不管是什麼奇怪或唐突的要求，只要是合法的事情，黑卡統統能實現。曾經有一個黑卡的持有人因某種原因被困在沙漠裡，好不容易成功致電給美國運通公司後，最終出動了當地的軍隊前去營救他。另外一個比較著名的事件是，一名黑卡持有人因為女兒要做暑假作業，打算研究死海的沙和一般的沙有什麼不同，於是要求運通公司到約旦抓了一把沙子給自己的女兒。

由於能夠做到種種被認為不可能的事，因此只有大企業的執行長、董事長或是上流人士才有機會收到黑卡的邀請函。所以只是在網上賭場存進區區的五千美元的話，是不可能觸發任何防衛系統的。

這張黑卡的資料是大約一年前，初川前輩作為生日禮物送給我的。當時他早就沒有再碰卡術，但也沒透露來源。

「這種東西我現在已經用不著了……你就好好利用吧。雖然只是麵碎，但因為是黑卡，恐怕比大部分的簡歷更好用吧……不要浪費啊。」

他把寫有黑卡資料的紙交給我時，我驚訝得連伸手去拿也忘了。

儘管如此，我並沒有因此而沖昏了頭，反而更小心翼翼地使用。因為是黑卡嗎？我從沒在進行卡術的過程中遇上任何阻礙。除了用在網絡賭場外，我偶爾也會用這張卡在自己的網店一次花費幾千美元。

我曾經嘗試調查持有人的身分，可是沒有任何收穫。持有人名為「神代晃一」，即使在網絡搜索，也找不到任何似乎有可能持有黑卡的人物。為了避免自己的行為太張揚，我每個月也不會使用超過一萬美元。雖然對於能夠持有黑卡的人來說，一萬美元連零錢都說不上，但我只要能確實待在安全的範圍內就足夠了。自古至今，貪婪鏽蝕人類就像潮濕鏽蝕金屬，雖然比較慢，但也會鏽出更大的洞。

我屏著氣息盯著螢幕，不出幾秒賭場內的帳戶就顯示餘額多了五千美元。我進入百家樂的遊戲廳，心不在焉地玩了幾局後就離開了。

有一股不知從何而來的憋悶感。彷彿不管得到再多的金錢，也無法把這種鬱悶排走似的。不知道從什麼時候開始，我不依靠藥物就無法感到興奮，所有的慾望也混雜了某種人工雜質，宛如有種不具名的力量在規劃著我的情感，不允許我享有純粹的熱情。

我從抽屜裡拿出一個黑色的小盒子打開，把一顆紅色的藥碇吞進嘴內。服用這種藥後意識會變得異常敏銳，除了能夠提升專注度外，也會讓人忘卻時間的流逝，我需要的是後者的效果。

我坐到床上，從筆電隨便選了一部外國的電影播放。發現自己選了一部戰爭電影時，內心生出了一絲不悅，我從來不看戰爭電影。即使這樣，我並不打算換另一部，反正藥效一旦開始發作，之後的記憶就會變得模糊。

我點起菸吸了一口，用慢動作呼出煙霧，靜候著時間失去意義。

5

走到公司後樓梯抽菸時遇上了千佳，怒氣沖沖的她把菸吸了幾口後就掉到地上，不停地用力踩。

「怎麼了？」我漫不經心地問。

「米村那傢伙趕緊去死吧，明明經營著靠人際關係賺錢的公司，卻連基本的人情世故也不懂。」

因為金錢至上主義，社長經常會提出不合理的要求，可是千佳理應早就習慣了才是。

「他又做了什麼？」

「剛才我負責見面的那個女人，才十分鐘我就知道不應該推銷她。她是個單親媽媽，有個剛升上中學的女兒，而且最近還失業了，恐怕連五千圓也付不出來。最大的問題是，她又胖又醜，長得跟能面〔註*〕一模一樣，我還在想到底是什麼樣的男人才會願意跟她上床。」

「聽起來確實挺棘手的……」

---

* 能面是日本能劇演出中所使用的面具，外觀詭異嚇人。

「對吧？於是我也只好放她走了。可是你也知道，要是新客戶不付錢的話米村又會說些有的沒的。於是當他問起時，我就列出了三個原因……一、那個女人又胖又醜，根本不可能會有男人選她。二、她最近失業了。三、她經濟上負擔不起成為會員的費用。」

「然後社長說了什麼？」

「他說第一點是叫她付錢的好理由。」

我忍不住笑了出來，確實是社長會說的話。即使是一看就知道不可能有人願意約會的人，社長還是會要求我們不擇手段讓對方付錢加入會員，絲毫不會考慮之後可能惹來的麻煩。

「我也懶得管他了。你今天有收穫嗎？」

「只是約了幾個新的客戶來諮詢而已……還有半小時後跟一個新客戶見面。」

我把菸蒂掉到地上。本來想再躲一會，可是一想到會被社長罵就打消了念頭。

進入房間後，第一件注意到的事是這個女人使用的香水。即使不熟悉女性化妝品也能得知，這並非是廉價的香水味，而是在主張著自己的存在的同時又不致於過分張揚，恰到好處的淡淡幽香。氣味傳進鼻子的瞬間，彷彿整個房間裡的一切，包括我也成了她的附屬物一樣。

「初次見面。我姓東條，是這家公司的感情諮詢員。那個……西野小姐？」

我坐到沙發上，從那陣氣味回過神來。她看起來不到三十歲，穿著一件白色的露肩襯衫和海藍色的長裙，宛如時尚雜誌中的模特兒。她朝我露出一個別有深意的微笑，舉手投足也帶有一份優雅。

「就是你打電話給我的嗎？」她說話的聲調很獨特，柔弱得像是有種誘惑的意味。

我瞄了一眼筆電，電話確實是我打的，可是只有在備忘上寫下她的姓氏和二十九歲的年齡而已。對於平均每天打上差不多二百通電話的我來說，除非在電話中給我很深刻的印象，否則都只會草草紀錄下對方的基本資料。

「是的。令你失望了嗎？」我開玩笑地說。

「不會，不過在現實中見到只曾聽過聲音的人，我要花點時間才能把對方的聲音跟樣貌連結在一起……」

她的視線一直沒有從我的樣子移開，反而令我變得不好意思了。

「西野小姐目前是單身對吧？」

「咦？嗯……是的。」

她的思緒像是一瞬間從遠方飄回房間似的。

「不介意的話，請先讓我了解一下妳的事情。公司的理念認為要替客戶尋找理想伴侶的話，我們對客戶的了解也是很重要的。」

雖然只是表面上的理念。我沒有把這句話說出口。

「例如是……？」

「比如說，現在的工作是？另外就是希望尋找的理想男人類型……還有要是不介意的話，關於過去的感情狀況也希望能有基本了解……」

最主要是工作，因為需要知道妳的大約薪金還有能夠負擔的價錢。我沒有把這句話說出口。

「工作的話……雖然有點不好意思，但我現在在金融業者的公司內當接待員。希望尋找的伴侶類型……說實話我也不太清楚，這種事情終究還是憑感覺的不是嗎？另外……你剛才說還有什麼？對了……過去的感情狀況。這個一定要說嗎……？」

「也不是一定要說的。與其在意過去的戀情，還不如收拾心情面向新的未來比較好吧。」

我裝模作樣地說出這種像是廣告詞的說話，逐步切入自己想要得知的資訊。

「你說的金融業者公司……具體上是指什麼呢？不好意思，因為將來一旦被對妳有興趣的男士問起，我們也必須如實向對方說明。」

「……就是借貸公司。」

雖然並不算特別罕見的職業，但我還是初次遇上在借貸公司工作的人。我在心中臆測著她的薪金，恐怕就跟一般的接待員差不多吧。

「我明白了。關於理想對象的問題，雖然我理解西野小姐說的憑感覺，可是對於公司來說也必須有個大概範圍……比如說對方的年齡、身高或是薪金方面的要求。尤其是薪金要求方面，畢竟對於女人來說，理想男性的薪金是很重要的。」

我在筆電上按下精英男會員的頁面。一般來說，這種時候只要裝作隨便展示幾個優秀男人，很容易就能引誘她們簽約了。

「咦？」

「那個……真的，不管什麼樣的男人都可以。」

我不禁把頭轉向她，她的臉上依然掛著那抹魅惑的微笑。

「不……可是，比如說，妳也不會希望我們安排妳跟一個五十歲以上的男人見面吧？」

「即使是這樣也沒關係……倒不如說，年紀比我大的或許更容易處得來。」

是喜歡成熟男人的類型嗎？雖然偶爾會有這種人，可是這個特質在她身上出現總覺得有點可惜。

「原來如此，那麼我把理想對象的年齡設定成比你大的可以吧？」

「我不是那個意思……年紀小的也不是不行。不好意思，我這樣子會很奇怪嗎？」

她露出有點困擾的表情，身體稍微瑟縮起來，不禁使人心生猶憐。

「不會……可以問妳一個問題嗎？請不要介意，但要是西野小姐沒有特別要求的話，為什麼會來我們公司呢？雖然以我的立場來說有點奇怪，但我認為以西野小姐的條件來說要找到伴侶應該不困難吧？」

她的目光一瞬間變得呆滯起來，好像不明白我說的話似的。

「那個……我沒有說謊，我真的是單身。」

她的眼神宛如做錯事後被父母責罵的小孩。難道她真的對自己的魅力沒有自覺嗎？

「……我明白了。那麼要是將來你想更改條件，到時候再跟我說就可以了。關於價錢方面，一年的會費是五萬圓，要是沒問題的話我現在就拿合約給你。」

社長預先印好了不同價錢的合約，好讓我們視乎客人的經濟狀況來提出價錢。雖然一年五萬圓是最便宜的方案，但事實上我們也有權把價錢再壓低一點，對社長來說只要能讓對方付錢，我們做什麼都沒問題。她看起來有點猶豫，是因為太貴嗎？正當我思考著該提議什麼價錢的時候，她開口了。

「請問……雖然只是假設，比如說我跟某個人開始交往後，但是在會籍仍然有效的期間內分開了，還可以和別的人見面嗎？」

「沒問題。雖然正在交往的時候我們會停止介紹對象，但若是確認過再次回到單身的狀況後，我們會再次為西野小姐尋找別的對象。」

「明白了。是現在付款嗎？」

「是的，西野小姐打算用現金還是信用卡付款？」

「信用卡就好。」

我把合約複印了兩份後拿到房間讓她確認，然後把她交給我的信用卡拿到辦公室。她用的是萬事達鈦金卡，這件事引起了我的好奇。雖然確認過名字，可是一般而言以她的工作應該是不符合申請資格的。我默默把卡的資料記在腦內，然後把卡交給負責擦卡的職員。成功收款後，我把卡拿回房間還給她，腦海內不停默背卡上的資料。

「謝謝妳，已經確認收款了。接下來，我會替西野小姐在公司的系統內建立個人檔案……大約會花半小時。」

「嗯，麻煩你了。」

由於她對理想對象並沒有要求，建立個人檔案花的時間也比較少，只花了約二十分鐘就完成了。乍看起來她的個人資料沒有什麼特別的地方，就連薪金也跟我猜測的相差不遠。

「最後，請把我的電話號碼也儲存下來吧。我會負責西野小姐的個案，找到合適的對象時會有別的職員聯絡妳，但要是有什麼問題也可以聯絡我。」

只不過社長允許我們不接聽客人的電話。我沒有把這句話說出口。

我把工作用的手機號碼告訴她，她晃了一下頭。

「這個……應該是東條先生工作用的號碼吧？」

「有什麼問題嗎？」

「不介意的話，可以把私人號碼告訴我嗎？請不用擔心，我不會做奇怪的事……只是因為你的工作用號碼平日應該很忙，怕會打擾到你而已……」

我皺起眉頭，覺得她所說的邏輯聽起來很奇怪。一般來說，我們是不可能把私人號碼告訴客戶的。並非是公司規定這種無聊的原因，只是單純因為對方大多會成為投訴客戶，避免惹上無謂的麻煩而已。我望向她的眼睛，思考該怎麼辦。

「不好意思，要是會給你添麻煩的話，即使只是工作上的號碼也……」

「不，沒關係。我相信西野小姐並不是什麼可疑人物，也相信我們很快能夠幫妳找到理想的對象。」

我為自己竟會答應她而感到不可思議。可是與其說我們會幫助她，倒不如說是她幫助了我們。要是她真的對見面的對象沒有要求的話，以她的條件絕對有眾多男人願意跟她見面。由於會員質素參差，有很多男人加入至今仍然沒有女士願意跟他們見面，導致我們要處理的投訴事件也變多了。要是西野真的願意跟他們見面的話，反而是我們公司應該向她道謝。

送她離開公司後，我再次到後樓梯抽菸。不知為何，總覺得她身上有某種令我在意的東西。我不是第一次對客戶產生興趣，但總覺得有種莫名的違和感。

香水的味道彷彿仍在徘徊著。就像為了要跟她刻意保持距離似地，我把剛才儲存在手機內，她的名字旁邊加上「客戶」二字。

西野楓。盯著她的名字看了一會，才想起還有一件重要的事情。我打開手機內的備忘錄，把她的信用卡資料抄下來。

6

到達咖啡廳時，那個男人已經坐在角落的座位上，維持著筆挺的坐姿眺望窗外。

「不好意思，要你久等了，工作上有點事情需要處理……」

男人向我微微點了點頭。我向服務員點了杯冰咖啡後，男人從一直放在膝上的皮包中拿出一個紙文件袋交給我。

這個男人是我的「供應商」。他自稱姓「鈴木」，但我認為一定是假名。他大約四十歲左右，總是穿著相同的啡色老舊大衣，就連蓬鬆的髮型每次看起來都一樣。可是從大衣沒有皺摺、髮型也總是用髮膠打理過這一點看來，恐怕他有著一絲不苟的性格。

起初我是在網絡上認識他的。網絡上有著各種各樣的灰色地帶，尤其在近年關於暗網的討論越來越多後，這些本來屬於「不知道比較好」的區域逐漸變得明朗。

這些區域除了毒品外，最多人接觸的就是卡術了。在卡術的世界內，供應商各自有著不同的擅長領域，像是設立銀行帳戶、售賣麵碎和簡歷、偽造認證文件等等。連完全不會參與不法內容，單純售賣卡術課程或是電子書的也大有人在，而且他們可能比我靠卡術賺得更多。

網絡上能找到的麵碎和簡歷大多都是國外的資源，尤其以美國和歐洲居多。理論上卡術無分國界，可是使用外國的卡的話，我需要準備的工夫就多了很多，因此後來發現專門售賣日本信用卡資料的鈴木後，我馬上就跟他聯絡。事實上有很多偽裝成供應商的人只是為了詐騙金錢，一旦收到錢就會馬上消失。因此，當聽說鈴木身處東京的時候，我鼓起勇氣向他提出面交的要求，沒想到他一口答應。

我每個月固定會付給他十萬日圓，換取一百份麵碎和七份簡歷。要是他有高級的簡歷，也就是包含良好的信貸報告、所有個人資料甚至身分證明文件副本的話，我還會額外多付幾萬圓。他曾經說過只要是關於卡術的事情，他都有辦法做到。

草草檢查過文件袋，確認過裡面裝著跟往常一樣、早已分類好的Ａ４紙後，我把裝有金錢的信封交給鈴木。他點算過金額後，向我微微點頭致意。

「之前你曾說過只要是『這方面』的事情，你都有辦法做到……我想知道具體來說能做到什麼範圍內的事？」我問道。

鈴木皺了一下眉頭，動作小得幾乎察覺不到。

「這個世界沒有範圍可言。」他冷冷地說道。

「比如說，我把某張卡的基本資料告訴你，你能查出持有人的其他資訊嗎？當然，我也會另外付錢的。」

他沉思了一會兒，不知為何好像只有這個角落的空氣突然變得乾燥起來。

「這種情況的話，只要是國內的信用卡，我都能查到持有人的信貸紀錄報告、住址和工作地點等等的基本資訊……要是你想的話，最近三個月的銀行帳戶紀錄也能拿到手，只是這樣會比較昂貴……」

他能做到的事比想像中的還要多，但我並不驚訝。

「我明白了。基本資料和信貸紀錄報告就足夠了，那麼……」

我撕下隨身攜帶的記事本的一頁，把西野楓的信用卡資料寫下。不知為何，這串數字一直在腦海中揮之不去，即使不刻意去記也能自然寫下。事實上，我幾乎沒使用過公司客戶的信用卡，把它們記下來只是純粹基於卡術師的本能——如果有這種東西存在的話。

「這個就拜托你了。」

鈴木看了一眼就把紙收進皮包內，就連點頭的動作看起來都毫無分別。

「明白了。有消息時或許會用別的號碼聯絡你，因此請特別留意。」

「希望不會為你添麻煩。」

我禮貌性地回答，但鈴木卻像是聽到了什麼奇怪的話似的，用狐疑的眼神打量著我，然後突然拋出一道不明所以的問題。

「你認為在供需法則中，哪一方比較重要？」

「咦？我不明白你的意思……」

鈴木的眼神變得很認真，我第一次聽他說起交易以外的事情。還未搞清楚狀況，他就逕自說下去。

「答案是需求方。這個世界的一切都是先有需求才會有供應，無一例外。」

我依然不明白他想表達的事情，於是歪著頭擺出一副不明所以的樣子。

「看來你仍然不明白。你聽過腎臟移植吧？人天生便具有兩顆腎臟，但事實上只要有一顆就能好好存活下來。患有腎臟衰竭的人，往往是兩顆一起衰竭，因此必須藉著腎臟移植才能繼續活命。於是，有些人就會選擇透過賣出自己的一顆腎臟來換取金錢。

雖說缺了一顆仍然能存活下來，但畢竟是自己的身體器官，實際會去賣腎臟的人應該不多吧？如果這樣想的話就太天真了。對於很多居住在貧窮國家內的人來說，出售腎臟是他們唯一能夠活下去的途徑。印度、巴基斯坦、巴西和中國在腎臟移植方面也是有名的國家，印度甚至有些地區還會被當地人戲稱為『腎臟村』。

或許你會想，因為貧窮而必須賣腎確實是很可憐，但為了生活也是沒有辦法的事。實際上，腎臟移植這個『工業』是社會上等階級的人才能受益的。腎臟移植手術很昂貴，以印度為例，一場手術的價格約為一萬四千至兩萬美元。這是接受手術的人需要付的價錢，可以視為他付了這筆錢去買一個腎臟。那麼出售腎臟的人呢？扣除給醫務人員、仲介人和其他雜費後，到達當事人手上的可能只有八百美元左右。

難以置信吧？諷刺的是，即使這樣仍有不少人爭相出售。對於住在貧戶區、每天以不到一美元過活的人來說，八百美元已經算得上是天文數字了。雖說腎臟移植能使患者重拾健康——實際上也不可能完全回復到患病前的狀態——但對售賣者來說並不是這樣。很多人自從在手術中被取去一顆腎臟後，就產生了各種各樣的健康問題，甚至連普通地走路也會疼痛得不得了。

在發達國家接受手術非常昂貴，動輒由數十萬美元起，而且因為沒有足夠的腎臟，輪候的時間也可能需要數年。因此，特地飛到貧窮國家接受手術的人非常多，導致腎臟仲介在那些地區儼然變成宛如家庭手工業似的工作。仲介人會先開出三千美元的高價來誘騙賣腎者，等實際完成手術後卻只把其中的一部分交給對方。那些人即使明知是詐騙，也會嘗試尋找理由欺騙自己，說著像是『被騙也總好過什麼都沒有吧』之類的話。更有趣的是，仲介業者自己賺到的錢其實也不多，扣除給當地勢力人士的分成和給警察的賄賂等等，他們也只能得到三百美元左右。

可是付錢的患者並不會知道這些內情。雖然各國政府為了不讓這個工業的黑暗面暴露給一般人知道，會訂立一些等同不存在的法律裝作規限，甚至會美化賣腎者為『捐贈者』，可是對於最低階層的人來說根本完全起不了任何幫助。整個過程中，司職著不同角色的人施行著各自的『惡』，卻把這件事包裝成利他主義的『善』，結果受到最大傷害的往往只有處於生態鏈最下層的賣腎者。

現在我問你，你認為導致這份『惡』出現的人，是裡面的哪個人呢？」

他滔滔不絕地說完後，露出銳利的眼神凝視著我。那道視線穿透進我的身體，把我的內在一覽無遺。

「為什麼要突然跟我說這些？」

鈴木突然判若兩人，跟一貫以來不苟言笑的形象完全不同。

「因為你沒有這方面的覺悟。」

我被他弄糊塗了，像是各自在說著不同的話題似的。他筆挺的坐姿不知從何時起變得有種軟弱無力的感覺。

「自初次交易起已經有兩年了吧？老實說，我對你的印象挺深刻的。這行業的客人大部分都只是見過幾次就不會再見到了，畢竟大多都只是貪圖刺激，一旦失敗了好幾次就馬上放棄了。但是能夠變成長期固定交易的關係，而且還這麼年輕的人就只有你了。」

我不確定他是在稱讚我還是有別的意思，只好等他繼續說下去。

「該說是給特定顧客的建議嗎？總而言之，你身上有一股違和感。明明早已深陷在這個行業，澈底成為其中一份子，卻渾身散發著格格不入的氣場……簡直就像是明知道自己正在做的事的本質，卻又刻意保持距離，彷彿這樣子就能夠避免扯上關係似的。」

我無法認同鈴木說的話。即使已經踏進卡術的世界五年，但我從不視自己為犯罪者。或者說，我並不是「惡」的一部分。透過卡術賺到的錢，要不是對方根本沒注意到，不然就是被發現後由信用卡公司把被盜的金額填上。不管是哪一種結果對當事人來說都沒有受到傷害，更遑論把卡術跟賣腎作出比較。不過，我確實一直在灰色地帶裡也是最模糊的領域內徘徊著。

「那麼……你認為我應該怎樣呢？」

「這不是該由我告訴你的事情，我不過是把看到的東西告訴你而已……並沒有義務指導你的人生。要是能夠一直維持微妙的平衡，別人也沒資格對你說什麼……可是這種半吊子的心態也有可能對你造成無可挽回的打擊，畢竟這個世界並沒有你想像中那麼好混……但說到底也只是基於我的個人經驗來說罷了。」

他把腰板重新挺直，換回了平常的冷漠表情。

「說得太多了……總而言之今天就這樣吧。關於那張卡的事，我之後會再打電話給你。」

鈴木說完後就頭也不回地走了，留下一臉茫然的我。咖啡上的冰塊已經快要融光了，一股不安在四周聚集起來。

總覺得有某種視線正盯著自己。四處張望，沒看見可疑的人。我想像自己跟坐著的椅子、還有放著咖啡的桌子融化成一體。調整呼吸，澈底隱沒自己的存在。雖然想點些食物當晚餐，可是定睛看著餐牌時，文字彷彿成了一種古文明的符號似地無法理解，最終還是作罷。

離開了咖啡廳，秋天的晚風使精神重新為之一振。要是再不離開，感覺自己會成為那家咖啡廳裡的異物，就像吃進胃裡之後使人感到不舒服、必須吐出來的不潔食物。大街上的行人熙熙攘攘地朝著目的地走，誰也沒有注意到別的誰，一味專注在自己的人生內。果然還是這樣子最適合我。我這樣子想著，再次混入人群之中。

7

「犯罪也有不同水準的分別。」

這是初川前輩對我說過的話。服用迷幻藥後已經過了半個小時——如果生理時鐘仍然準確的話。不知為何，以前的事突然從記憶的深處浮現出來。

「以殺人來舉例，像是密室殺人或是把案件弄得像劇場般的手法幾乎不存在。現實中會出現的，一般離不開刺殺、偽裝成意外或是比較罕見的毒殺，當然有槍的話則另當別論。可是，缺乏計畫的殺人就是低水準的做法。殺人可說是最容易逮捕犯人的犯罪了，因為大多都是出於衝動，而且通常是由身邊的人下手的。

最重要的是有計畫。要了解警方查案流程，反過來好好利用，自然就能找出不被逮捕的做法。最普遍是把事件偽裝成自殺、意外或是失蹤，讓警方快速結束調查。一旦被發現是他殺，搜查的規模就會完全不同了。所謂完美犯罪，是指連事件都稱不上就已經結束了的做法。

這個道理適用於所有犯罪，能夠做到不把警察牽涉在內永遠是最好的。綁架或是搶劫之類的風險比較大，幾乎每個被害人也會報警。即使如此，要是事前就擁有周詳計畫的話，這一類型也能反過來變成最簡單的犯罪。因為這個緣故，才會有犯罪團體的存在……畢竟人多總是好辦事，在訂立計畫的階段也會注意到更多細節。」

當時我和初川前輩正在他的房間喝酒，他突然欲言又止。

「我現在隸屬的公司……實際上是一個組織哩，不過他們總是喜歡稱呼為『公司』。老實說，我曾經想過把你也拉攏進來……以前說過吧？我認為你有這方面的才能。要是我開口的話，你大概也會答應吧？不過或許是因為把你當成是好朋友，所以才避免拖累你也說不定……我也搞不清楚。

在這種世界打混得越久，越會覺得自己的內在被逐漸削走，甚至會達到某天必須打破自己人格統一性的地步……我是這麼認為的。身處在組織上層地位的人，並不會像一般人所想般掛著一看就知道是惡的樣子，反而更像是平日擦身而過也不會注意到的普通人。但當正面面對他們，那時候才會發現他們身上獨有的、壓倒性的存在感……那一瞬間我就意識到，自己一輩子也無法到達那種人的境界。現在的地位就是我的極限了……我實在無法想像站在最高處的那些人所看見的風景。那種就像是站在持續被強烈寒風吹刮的岩石山峰的頂端，踩著無法稱之為立足點、搖搖欲墜的地方，卻仍然能夠面不改容地帶著笑意淡然面對的人，全都是在這個世界會被稱為怪物的存在。

人類都是一種希望自己是善良的奇怪生物。不管製造了多少惡，他們都希望別人認同自己是屬於善的那一方。以政治家為首，還有那些社會上位於各種組織團體頂點的人，全都是這種人。我不知道到底是因為他們擁有高等地位才導致這樣，還是因為他們本來就是那種人所以才能達到那種高度……而在你身上，我也看到了相同的特質。」

我停下手上的動作，沒有料到初川前輩會這麼說。

「可是所謂善惡，本來不就是由人自定出來的標準嗎？根據身處的立場，每個人對同一件事也會有不同的看法。」我說。

「確實是這樣呢。但是，除了從小生活在特殊環境的人以外，每個人的標準大多在早期的時候就打好了基礎。視乎受到的教育、環境的影響，每個人都有著不同的界線。可是在這些人當中，少不免會生出一些脫離常軌，彷彿從周圍的世界獨立出去的例子。」

「前輩該不會是在說自己吧？」我問道。

初川前輩眼神恍惚地凝視杯內的酒，一臉憔悴地。

「我嘛……大概只像是青春期叛逆的程度而已。我好像沒有跟你說過我家的事吧？不過也沒什麼好說的，我的家庭環境其實非常普通。我爸是個普通的公司職員，我媽也是個普通的家庭主婦……他們兩人都是老實地跟從社會的規則生活著，跟犯罪什麼的絲毫沾不上邊的人。雖說是家中的獨子，但他們倒也沒有向我施加太多壓力……大概是認為只要我能健康地生活就夠了。

但是，我就是覺得這種生活特別無聊。因為父母都很平凡，我的生活毫無刺激可言，簡直就像是活著只是為了等待長大後變成像父母一樣無聊的人似的。不久後，我明白了原來世界並不如大人說的那般美好。

小學的時候，有一次學校舉辦了校慶晚會，讓家長們帶同孩子一起參加。除了有大食會和才藝表演外，更有抽獎活動作為壓軸。因為父親要加班的關係，當晚只有母親陪我一起去。參加的人都會分發到一張印有抽獎號碼的獎券，獎品大多都是文具或玩具，大獎則是一款當時很受歡迎的機械人模型。當時我是第一次知道『抽獎』的意思，因此特別興奮。

到了現在，我仍能背得出當時拿著的號碼。說實話，雖然非常想要那個機械人，但即使抽中普通的文具我也會滿足了，於是我跟母親說『即使是普通的獎品也好，要是抽中就好了』。母親就像其他平凡的家長一樣，對我說了一句『一定會中的』。當然，這只不過是對孩子說的鼓勵說話而已，她無法保證任何事。但是，當時的我卻把這句話當成帶有魔法的咒語般深信不疑。

二獎的填色套裝被其他人拿走後，我高興得手舞足蹈，因為這就意味著自己會得到那個機械人。主持人讀出號碼的瞬間，至今仍然偶爾會在腦海浮現出來。那並不是我們拿著的號碼。

我花了好幾秒才回過神來，無法理解發生的事情。那一刻，體內有某些東西消失了。中獎的孩子走上台的時候，我大哭了出來。母親趕緊安慰我，就連其他家長也走來身邊嘗試幫助她，但我就是止不住眼淚，就連回家的路上也不停地哭。

每個人都以為我是因為抽不中機械人模型而哭。我哭著對母親重複說『你不是說一定會中嗎』，彷彿這樣做能夠改變現實似的。母親也被我惹怒了，高聲對我吼了一句『本來就不可能一定抽中的！』。

不可思議的是，聽到這句話後我馬上安靜下來了，緊接的是一種內臟被掏空的感覺。原來是這樣啊，一切都是騙人的。我寧可母親從一開始就告訴我真相，要是不確定的話，為什麼還要給予無謂的希望呢？我搞不懂的是這一點。要是一開始就知道不一定會抽中，我也不會有那種期待。總之，從那個時候起我看待世界的方式就不同了。」

每個人在生命中的都必然會遇上這樣的階段——遭受到來自這個世界的重擊後，選擇接受或是對抗的一刻。忽爾間，我好像能理解為什麼初川前輩會步入這種生活了。

「是不再相信世界的意思嗎？」

初川前輩沒有直接回答我，逕自說下去。

「人生中第一次犯罪，是在小學畢業的前一年。」

他露出一個意味深長的笑容，宛如在嘲笑過去的自己。

「那個時候，學校附近有一家新開的文具店。那家店的文具很漂亮，我每天上學前都會特地去逛一下，就連店員也習慣了。

當時由於電視播放的動畫，有一陣子流行起溜溜球的風潮。那家店也順應潮流賣起溜溜球，但以我的零用錢根本買不起，父母也不可能答應買給我。不知為何，我想起了之前抽獎的事。想要的話就要靠自己，寄望別人是沒用的。彷彿有種不知名的拉力控制了自己，我第一次偷竊了。其實那家店是有攝錄機的，但我猶如著了魔般，把溜溜球偷偷放進書包內就一聲不響離開了。

那天後我就不再去那家文具店了。我很清楚自己做的事情是犯罪，因此每天都過得提心吊膽，以為某天警察會突然跑到家裡來。

過了一段時間後，某一天我鬼祟地在文具店門前徘徊，自己也不知道為什麼會這樣做。被店員發現的時候，那個人卻只是微笑著對我說『好久不見了，這陣子怎麼沒來了』……總之，偷竊的事沒有被發現。於是，我又開始每天跑去文具店。就像要彌補偷竊的事情般，我幾乎每天都故意買些沒用的小東西。

第二次偷竊，是因為文具店出現了一批新的鉛芯筆。那款銀色金屬外殼的鉛芯筆看起來總是在閃閃發光，就像寶石一樣。那一刻，我又感受到那道拉力了。我把鉛芯筆偷偷放到書包裡，有了之前的經驗，我已經不再緊張了。

連續兩次得手後，體內有某種東西開始膨脹，也產生了一種沒根據的自信。我變得天天都要偷，即使不想要的東西也偷，甚至曾經把鉛芯筆直接抓一把放進書包。我曾經想過，或許當時是有了偷竊癖，可是仔細思考起來又好像不是那樣，更像是一種對自己的測試。

無論如何，我陷入了一種亢奮。我把偷竊的事情炫耀似地告訴班上的同學，還會把偷回來的鉛芯筆用極低價賣給他們。我覺得自己比他們優越，因為我跨過了那道界線。」

我不期然地想，或許初川前輩根本不想偷竊，只是不能接受無法得到想要的東西罷了。

「後來就這樣一直偷下去嗎？」

「是的。人一旦變得過分亢奮，很快就會轉變成失去理性的狂熱，最後導致自我毀滅的結果。為班上的同學『代偷』了一個月後，我被抓到了。

恐怕店員在某個時間點開始就生疑了吧。有一天當我慣性地將一大把鉛芯筆放進書包內時，赫然發現他就站在我的背後。那時候他看我的眼神，就好像在看著路邊骯髒的塑膠袋般，帶著對我背叛了他一直以來的信任的責難……那並不是一般人能夠承受的眼神。

收到電話後馬上趕來的母親，跟店員賠罪的時候一直在哭，她連哭泣的模樣都很普通。我不明白為什麼她要哭。要是生氣的話我還能理解，畢竟自己的兒子被發現偷竊的話感到丟臉是正常的。但是唯有哭泣的理由我怎樣也無法理解，要哭也該是我哭吧？

我被老師大大訓話了一頓，有好一陣子校方像是故意似地不斷進行關於不可偷竊的教育。我覺得自己是個應該被判死刑的囚犯，每個人都把我看成是某種有缺陷的人。可笑的是，當事情曝光後，之前向我買鉛芯筆的同學竟爭相把筆放回我的桌子，好像會被傳染污穢的東西似的。

現在回想起來，恐怕從那時候起就已經注定了我未來的人生。雖然從此不敢再偷竊，但我也跟社會期望人們跟從的軌跡越走越遠。我就像個賭氣的小孩似的，越是不能做的就越忍不住要做。雖然這麼說很奇怪，但我認為歸根究底是整個社會都出了問題才會有我這種人存在。

沒有人嘗試理解我偷竊的原因，有的只是責備。不過老實說，我自己也不知道為什麼要這樣做。應該說，比起『為什麼要這樣做』，我更想知道『為什麼不應該這樣做』。聽起來或許像是在狡辯，但為什麼每個人都當這是理所當然的事呢？

就像我剛才說過的，大部分人在小時候就已經建立了善惡的標準，我當然也知道偷竊的行為會被歸為惡的部分。但是正因為太理所當然，人們反而忽略了這方面的教育。社會習慣了單純地灌輸善惡的標準，卻不懂得正確地教育孩子。大人會對小孩說出『偷竊是不對的』之類的話，但不會說『因為偷竊會使其他人受到傷害，而且也會令自己被他人蔑視』。難道不應該是這樣嗎？由於每個人都知道，所以不需要深究理由。要我說的話，會這樣想的人才是笨蛋。沒有思考過就全盤接受了別人灌輸的思想，這樣子的人有什麼好驕傲的？」

當時這個話題就這麼打住了，但初川前輩的這番話卻一直留在我的記憶。在我看來，他之所以從事不法勾當是被環境硬逼出來的。在他對善惡標準抱有疑問的時候，沒有人好好地指導過他。加上在偷竊事件後遭受到的待遇，使他決心走上與普通人相反的道路，恐怕這是他對這個世界的報復方式吧。

但即使是這樣子的前輩，也是個有血有肉、充滿著豐富感情的人。對我來說，也是個教會我很多事情、值得信賴的前輩。

那麼我自己呢？迷幻藥的效果讓我陷入在這道問題的思緒海洋中。初川前輩說過我有「犯罪的才能」，恐怕是因為我並沒有關於善惡的標準。不，與其說對善惡沒有標準，倒不如說我早就接受了「根本沒有標準」的觀念。假如標準是一條線的話，屬於我的線大概是長期不規則地跳動，或是隨時會變成斜線吧。只要是對自己有利的事情，我都會歸納為「善」，但同時亦很清楚自己無法做到像是殺人這種程度的「惡」。從本質上來說，難道人類不都是這樣嗎？

思緒突然變得零碎起來，彷彿在嘲諷著我認真地思考這種問題。因為藥的效果，我不自覺地露出了笑容。只要知道人類都是這樣子就好，我並不是異物。我暗自接受了這個結論，任由腦中的思緒繼續在虛無中遊走。

8

那兩個男人出現的時候，是在我跟鈴木見面的兩個星期後。之所以記得這麼清楚，是因為我從沒有在同一天跟超過一個男客人見面。大部分的時候，由誰去跟客戶見面是由社長指派的，除了人手不夠的時候，他通常會指派異性職員去跟客戶見面，因為會比較容易取得對方的信任。

「東條，剛來到的那個客戶指名要見你。」

剛掛掉一個電話的時候，另一個女同事小林跟我說。

「投訴嗎？」

「不是，他是第一次來的。我進去後不久，他就跟我說要見你，好像是因為打電話給他的人是你。」

社長開發了一個看似普通的交友程式，可是一旦下載並註冊後，手機號碼和輸入的資訊就會傳送到公司的系統內。我們就是根據系統內的號碼致電給那些人，然後說服對方來到公司。我翻查備忘紀錄，確實是我約他來公司諮詢的客戶。男人姓日向，可是除了姓名以外我什麼都沒寫下，也沒有這通電話的印象。

男人有著稍長的波浪型捲髮，架著茶色鏡片的眼鏡，還穿著一件花襯衫。不只看起來完全不像沒有異性緣的男人，即使說他是牛郎我應該也會相信。

「初次見面，我是東條，是日向先生對吧？」

他毫不客氣地翹起雙腿，有色鏡片下的一雙狐狸般的眼睛露骨地打量著我，渾身散發著危險的氛圍。

「我是日向。」

男人露出一個戲謔的笑容。他的視線把我全身掃視了一遍，身體有種像是被濡溼黏稠的生物爬行著的不適感。

「那麼先讓我簡單向你解釋一下我們公司運作的方式……」

「輪到你說自己的事了。」

「什麼？」

「自我介紹。」

這個男人是怎麼回事？明明一進門我就說過自己的名字。雖然想盡快結束這次會面，我還是耐著性子配合他。

「……我姓東條。」

「不是這個，你的名字我已經知道了。我想知道的，是你的特質。比如怎樣誕生、過去最大的驕傲、有什麼未做過而又想做的事情……只有透過這些東西，我才能掌握你的特質、個性和傾向。也正因為有這些東西，才使得每個人都是獨特的存在。」

我閱讀不了那雙眼睛下藏著的意圖。即使是卡術中的簡歷，也不會把一個人作為「人」去記載得這麼詳細。一旦把這些事情暴露給別人知道，總覺得連內在的深處也會被無情地蠶食。但是，現在要是不順他的意恐怕難以脫身。

「……我在愛知縣出生，大學的時候獨自搬到東京，在這家公司工作之前主要靠打工生活……目前並不覺得人生中有稱得上驕傲的事情。至於想做的事情……大概是去歐洲旅遊吧。」

我盡力使用模糊的說法，幸好他也不再執著下去。為了不讓他繼續在奇怪的方面糾纏下去，我馬上切入重點。

「那麼，我們會根據日向先生的理想條件尋找適合的對象，要是雙方都有意願見面的話，我們就會替你們安排約會見面。當然，成為會員後要是有需要幫忙的話，也會有專業人士為你提供協助……」

「……我看起來像是在女人方面需要別人幫助的人嗎？」

「咦？不……那個……」

「雖然想這麼說，不過這也是公司要你們對客人說的話吧？算了……我問你，成為會員後有什麼限制嗎？比方說，我把你們介紹給我的女人全都上過後就拋棄的話，你們會把我列入黑名單嗎？」

他露出不懷好意的目光，說話的口吻也變得輕浮起來。雖然他並不是第一個抱著這種目的的客戶，可是像他說得那樣露骨的人還是第一次遇見。我壓下不悅的心情，不帶感情地回答他。

「這麼說吧，我們公司只有一個要求，就是成為會員的人必須是單身狀態……即使是分居或是正在處理離婚也不能接受。要是會員在會藉到期前脫離了單身狀態，不管是不是經由我們介紹的都好，直至會員再次回復單身狀態前我們並不會提供服務。當然，**由於沒有絕對的驗證方法，因此我們也只能信任會員對我們聲稱的感情狀態**。除此之外，不**管會員做什麼，我們都不會過問**。」

我特地強調了他應該會在意的部分，刻意營造出一種無形的默契。

「原來如此……我確實是單身。」

「那就沒問題了。另外我也需要知道日向先生的一些個人資料，比如說你的年齡和工作，因為要是你符合女方想要的條件我們也會向你介紹……」

男人瞇起眼睛盯著我，好像在說著「省掉這些廢話吧」似的。

「……直接告訴我最便宜的提案吧。」

雖然也想過他已經察覺到了我們的手法，可是由客人直接說出口還是使我有點詫異。不過這樣也好，我也懶得跟他討價還價，只想盡快結束會面。

「……五千日圓三個月。」

「這個價錢沒問題。個人資料方面，除了名字以外你隨便填填就好。工作方面……就寫『公司職員』吧。理想對象的條件方面也交給你吧，我想你也不會介紹些醜得要命的女人給我吧……雖然我的射程範圍算是挺廣的。」

他又展示出充滿惡意的笑容，好像希望我也跟著他笑似的。

「日向先生打算用現金還是信用卡付款呢？」

「現金就好。」

儘管想知道他的身分，無奈他也在刻意隱瞞著。他的氣質跟初川前輩有點相似，但我很清楚自己無法跟這個人好好相處。我迅速完成建立會員檔案的程序，他依然一副無所謂的姿態。

「啊，等一下，還是脫掉襯衫比較好吧。」

最後為他拍個人照的時候，他脫下夏威夷式的花襯衫，只剩下裡面穿著的純白色短袖T恤。這時候我才注意到他身上的肌肉線條，那是平日有在運動或是健身的人才會有的肌肉。

「那麼，希望以後還有機會見面吧。」

送他離開的時候，他漫不經心地說道。他的一舉一動都蘊含著自信，我不知道那份自信的來源，卻忍不住開始想像之後會有多少女人被它壓倒，再被他肆意擺佈。可是，這並不是我需要理會的範圍。

第二個男人，是在黃昏時來到的。

「他是舊會員，我也不知道是不是來投訴的，他說只想跟男職員談……」

小林輕描淡寫地說明過狀況後，從抽屜拿出餅乾放進嘴內，咬碎餅乾的聲音聽起來像是因為擺脫了麻煩的事情而感到高興似的。

男人姓真田，今年四十五歲，在一家運輸公司擔當著司機，成為會員後九個月以來只曾跟兩個女人約會過。進入房間後，映入眼簾的是一個身材矮小，有著典型中年體型的男人。

「初次見面，我是東條。你是真田先生對吧？」

真田點了一下頭，身體像是某種昆蟲的幼虫似地蜷縮起來，本來就矮小的他看起來又再縮小了一點。他的目光遊離不定，好像不知道該望向什麼地方才好。

「那個……聽說你有只想跟男職員談的事情？」

我緩慢地逐個字吐出，彷彿眼前並不是一個中年男人，而是容易受驚的小動物。

「那個……不……也不是一定要男職員……只是……這種事情好像還是跟男人說會比較好……我也不知道……或許吧……」

真田支支吾吾地說道，途中還抓了好幾次頭。

「請別緊張，不管是什麼問題我也會盡力幫助真田先生的。首先，請把遇上的問題告訴我。」

真田又扭捏了一陣子，總算下定決心後才終於開口。

「就是……我之前跟一個女會員見面了。我也明白以我的情況，要找到願意跟我見面的人並不容易……畢竟我還有個八歲的女兒……所以即使一直沒有對象也不太在意，反正這種事情也是靠緣份的……收到你們的聯絡說有願意跟我見面的人時，實在是難以置信……更別說對方竟然是像西野小姐這樣優秀的女性……」

聽到西野的名字時，變得散漫的精神瞬間集中起來。難道是那個西野楓嗎？

「不好意思，你說的西野小姐……是指西野楓嗎？」

真田軟弱無力地點頭，彷彿光是聽到她的名字就會消耗掉體力似的。西野楓跟這個畏畏縮縮的男人見面了？雖然她曾說過不管什麼男人都可以嘗試見面，可是這個組合難免讓人感到違和。

「我們在一家西式的餐廳見面，實際見到她之後我可是緊張得要命……就連普通地說話也變得很困難。可是她很溫柔，即使是像我這樣的人說的話她也一直耐心地傾聽，完全沒有露出無聊的神情……我幾乎馬上就喜歡上她了。不過，光是能跟她交朋友我就覺得很滿足了，也不奢求能夠更進一步……」

真田突然低下頭，變得欲言又止。

「……但就在同一晚，我們去了酒店。」

我驚訝得無視當事人就在眼前地張大嘴巴，猶如石化般動也不動。西野楓跟這個男人？因為害羞的緣故，真田別開了臉。

「簡直就像是中了大獎一樣。我很清楚自己對女人來說絕對不是一個有魅力的人，而且也沒有什麼讓她們好騙的……之後我甚至在想，西野小姐該不會是因為同情我才做這種事吧？可是這根本說不通……總而言之，我們開始了短暫的、像是交往般的關係……我每天下班後都跟她見面吃晚飯，之後也會上酒店……有一天我甚至把她帶回家介紹給女兒認識，自從跟前妻離婚後我已經忘記『幸福』是什麼感覺了。我不擅長表達自我，因此一直沒有跟她提出正式交往，我以為大家已經自然進入這個階段而不需要特地告白了……她對我的態度也一直沒有改變，總是非常溫柔地接納著我的一切。」

他的聲音變得沙啞，強忍著湧現出來的情緒。

「……就在幾天前，她突然消失了。」

「消失了？」我皺起眉頭問道。

「更正確地說，是她封鎖了我的一切……不管是打電話還是發簡訊都無法聯絡她。即使想到她的家或是工作的地方找她，可是我根本不知道地址……這幾天我一直嘗試聯絡她，就連工作的時候也無法專注……我不知道到底是什麼回事。我以為是自己做錯了什麼事，可是完全沒有這方面的跡象……她消失的前一晚我們還在酒店呢。無可奈何下，我才再次來找你們……都一把年紀了，還會因為這種事情而失去理智，現在的我看起來一定像個笨蛋吧……？但我實在無法否定這段短暫的幸福……至少我不相信她是在騙我。拜托你了……請替我聯絡她，至少讓我知道原因……」

真田忍不住抽泣起來，我趕緊把面紙遞給他，不知道該怎麼應付中年男人哭泣的狀況。據他所說，西野楓成為會員不久同事就把真田介紹給她，而她不但願意見面，甚至在第一晚就跟他上酒店了？不只如此，宛如戀人般短暫交往後，她又毫無先兆地封鎖了真田？而且整件事發生在我跟西野第一次見面後的這兩星期內？不論怎麼想也很奇怪。

只能親自問西野了。我答應真田會嘗試幫他聯絡西野，也不忘強調自己不一定能成功，畢竟在西野的立場未必會願意告訴我們。

「我明白的……你們願意幫我已經很好了。」

真田硬擠出一道不自然的笑容。我忽然有點同情他，已經忘記上一次出現這種情感是什麼時候了。自從在這家公司工作以來，我對他人的同情心就變得麻木了。不，或許我本來就是這種人，只是自己沒有察覺罷了。

送走真田、簡要地向社長說明狀況後，我發了一個簡訊給西野，用我的私人號碼。我婉轉地說因為有希望討論的事情，詢問她是否有時間聊一下。出乎意料地，才過了一分鐘就收到她的回覆了。

「東條先生現在有空嗎？要是不介意的話，我們可以在外面見面。」

9

到達約定好的酒吧，西野向我禮貌地微微欠身。

「好久不見了。」仍舊是那種柔弱的聲線，完全無法想像她會做出真田說的事。

「只不過是兩個星期吧。」我笑著說。

她也笑了，那副模樣讓人有種想憐惜她的衝動。一旦離開了辦公室，即使是面對公司的客戶我也會收起工作用的態度，現在是屬於私人的時間。儘管是在酒吧，西野身上的香味依然在主張著她的存在。我向服務員點了威士忌加冰，西野則點了調酒。

「不好意思，突然打擾妳……」我盤算著該如何切入話題。

「不會，我也是剛下班不久。而且，我偶爾也會獨自去喝酒，難得今天東條先生願意陪我，反而求之不得呢。」

她莞爾一笑，無法分辨是出自內心還是堆砌出來的假笑。平常我並不會在意這種事情，可是聽過真田的話後，我無意識地注意著她的一舉一動。

「喝酒的話，我果然還是比較喜歡有別人陪同……西野小姐也快點找到這樣的人就好了。說起來，公司有介紹對象給你嗎？」

雖然覺得這種說法有點生硬，但我想她大概也猜到我的目的——現在就像是在棋局初盤互相試探的階段。

「嗯，是的……是個溫柔的男人。」

她直認不諱，讓我更肯定了自己的假設。既然如此，我也不打算浪費時間。

「請別介意我單刀直入，之所以會聯絡西野小姐，就是因為那個男人——真田先生——希望我們公司代替他跟妳聯絡。根據他的說法，你們似乎有發展的空間不是嗎？」

我沒有使用「正在交往中」的說法，畢竟真田自己也說沒有確立關係。我斟酌著該透露多少自己知道的事情，要是被她察覺到我知道上酒店的部分，對於當事人來說可能會感到尷尬。

「果然是這樣嗎……」

她有時候會忽然進入恍惚狀態，好像無法持續專注在眼前的狀況似的。

「請代我向真田先生道歉。」

「那個……其實比起道歉，他希望知道你突然封鎖他的原因。他想知道是不是做了冒犯西野小姐的事。說實話在我看來，雖然他顯然仍很喜歡西野小姐，但也不打算死纏爛打……只是想知道妳這樣做的理由。」

不知道是不是錯覺，雖然在酒吧的昏暗燈光下無法看清楚，可是她的眼眶似乎有淚水在打轉著。

「不，那是我自己的問題……跟真田先生完全無關……他是個非常溫柔的男人，我對他做了不好的事情。」

「但是，妳真的不打算親自跟他說清楚嗎？」

「嗯……對不起，雖然知道會為東條先生你添麻煩，但我實在是無法做到……尤其是真田先生對我這麼溫柔。」

我嘆了一口氣，感到沮喪起來，有種被戲弄了的感覺。雙方都認為對方是個溫柔的人，卻因為不能訴說的原因導致不能再來往，甚至要由我這個無關的人充當雙方的溝通橋樑，簡直就像吵架的夫婦把孩子當作傳聲筒似的。

我沒趣地啜飲著威士忌，試圖避開眼下尷尬的沉默。真田的話題比想像中更快結束，既然她不想說，我也不打算追問下去。我裝作不經意地偷看她，即使像是把酒杯放到嘴邊這樣簡單的動作，一旦由西野做出來也顯得很優雅。她今天穿了一件白色的連身裙，跟她柔弱的氣質顯得相映成趣。我難以想像她在床上的樣子，更別說對方是真田。

「說起來，我對西野小姐並不了解呢。不介意的話，可以告訴我關於妳的事情嗎？」我沒有多想就突然冒出了這句話。

「咦？上次不是跟你說過了嗎？」

「不是指那種。有個人曾對我說過，只有透過掌握對方的特質，才算是真正了解一個人。比如說人生中值得自豪的事情、或是有什麼夢想等等……雖然我並不喜歡那個人，可是他說的也不無道理。」

「嗯……確實好像是這樣呢。那麼，東條先生你呢？請你先告訴我。」

她露出小女孩般的天真笑容，沒想到她也會有這樣的表情。

「雖然稱不上是自豪的事情，但我對自己同時處理多項事情的能力倒是有點自信。至於夢想則比較簡單，就是去荷蘭旅遊。」

「這個夢想應該不難做到吧？」

「是不難，但是計畫行程、考慮要帶的行李也不容易……更別說還要放下一切工作。」

「剛才不是說對同時處理多項事情的能力有自信嗎？」

我們一起笑了出來。在她看似難以接近的表面氣質下，藏了一個可愛的小女孩。

「讓我想想……雖然算不上自豪，但我認為自己看人的眼光挺準的。不，並不是指女性的直覺那種……你知道我的工作吧？有時候當客人進門的當下我就能看出對方的狀況。看見某些特定的人時，腦內有時會浮現出『啊……這個人應該沒有能力還錢吧』的想法。即使如此我還是要換上工作用的微笑，把他帶到審核部的房間去——裡面的人通常只會讓他陷入更深的深淵。這麼說的話，我就像是把人帶到地獄的領路人吧。」

她說出這句話的時候，臉上的笑容毫無變化。仔細想想，雖然形式並不相同，但恐怕我在配對公司的工作也有著相似的性質。

「假設進門的人是我，西野小姐會有什麼想法呢？」

本來只是隨口問，沒想到她突然認真地盯著我，害我差點忍不住別開視線。

「嗯……很有趣呢。怎麼說呢……我無法想像東條先生會是我們的客人。並不是會不會還錢的問題，而是你跟借貸業者就像完全扯不上關係似的……我也不知道該怎麼說，總而言之就是有這種感覺。」

確實很準。我沒有把這句話說出口。即使沒有卡術，我也不會容許自己陷入必須跟那種世界打交道的田地。

「原來如此。那麼西野小姐的夢想呢？」

「這個我倒是很清楚，希望終有一天能得到幸福。」

「妳現在不幸福嗎？」

「對於東條先生來說，幸福的定義是什麼？」

雖然並不是什麼晦澀難懂的問題，但我迄今為止從沒細想過這種事。

「我認為要了解幸福的定義的話，必須先了解何謂『不幸』。就像要是沒有『冷』的概念，『熱』也就不復存在一樣……即使感官上的體驗相同，但因為每個人的定義都是不同的，所以我認為的幸福並不能套用在別人身上，反之亦然。舉例來說，從小在獨裁國家管治下長大的人，他們認為自己被當成動物般圈養是理所當然的事……因此並沒有『自由』的概念，甚至認為自由是不可理喻的事。對於這種人來說，世上一切有著美好價值的事物都沒有意義，唯有金錢的銅臭味變得濃烈才能令他們感到安心。

『人類只會在乎半徑五米範圍內的幸福』——我曾經聽過這種說法。換言之，人類並不會真正在乎超越自身理解範圍內的事情，即使那是多麼殘酷和慘不目睹的事也一樣。對於發達國家的人來說，雖然認知層面上知道世界上有很多地方正天天上演著不幸的劇場，可是也僅限於情感上的同情而已，現實上並不會做任何事情去改變。但是，要是把他們實際放逐到那個環境，置身於巨大的不幸之中的他們的思想馬上就會出現根本性的改變。因此我無法定義幸福，因為幸福的本質就是封閉的。」

西野目不轉睛地凝視著我，眼神中摻雜了一股哀愁。

「……反倒是我變得不知該說什麼好了。」

「不好意思……」

「不，你說得沒錯。我們確實都是這樣生活過來的……這也是沒辦法的事。只不過我並沒有思考得那麼仔細，我認為幸福是一種處於平和的心境狀態。幸福跟『快樂』並不一樣，快樂是一種暫時性的狀態，只要神經感到愉悅就屬於快樂的一環。觀看一場好電影、在遊戲中得到勝利、甚至只是大吃一頓也能帶來快樂。幸福則是再高一個層次，是快樂加上感激和珍惜的狀態，而且必須在意識到自己正身處這種狀態的時候，幸福才算是真正地存在。

對於父母來說，子女第一次開口說話時就是幸福；很多女性認為結婚後每天過著平和的日子就是幸福；對於有信仰的人來說，感受到神的恩典並沈浸在內就是幸福……每個人都有屬於自己的幸福狀態。我認為幸福是無法強求的事物，因為幸福必須透過各種各樣的因素才能構成，並不是說只要達到某個特定的目標就能得到。」

她把杯內剩下的調酒喝完，動作依然優雅。結果我們都沒有說出自己對幸福的定義，但有某種連結在我倆之間形成了。

「再喝一杯嗎？」她開口問道，我把剩下的威士忌也倒進喉嚨。

西野臉上泛起紅暈，看起來柔弱的她又增添了一份嫵媚。不只如此，就連話也變多了。

「雖然我是典型的東京人，但初二的時候，我曾經有一段時間搬到鄉下地方去了。」她突然這樣說。

「是因為家人工作調動的關係嗎？」

「不，當時我的母親患病了。父親認為待在滿是植物的寧靜鄉下會比較適合休養身體，而且有機食物也比較健康……雖然幾年後她還是敵不過病魔而去世。」

「……很遺憾。」

「當時有個名叫沙織，比我小幾歲的女孩……或許是因為覺得從外鄉來的我與別不同吧，總之她特別黏我。我是獨生女，在鄉下也交不到什麼朋友，因此非常疼愛小沙織，希望扮演一個好姐姐的角色，只為了讓她一直喜歡我。可是也因為這個原因，我不敢跟她交換聯絡方式……就像是害怕終有一日會跟她疏遠，倒不如讓那段時光變成獨一無二的回憶般的想法。現在回想起來，或許這是個正確的選擇，我有時會覺得要是她看到現在的我，一定會非常失望……」

不知為何，我突然想起了初川前輩小時候的事。初川前輩和西野都在小時候的某個階段察覺到這個世界的本質——漠然地冷眼看著一切的本質——導致他們必須思考面對這種無力感的方式，差別只在於對抗抑或逃避。

「請不要有這種想法，我認為西野小姐是一個非常優秀的女性。」

雖然這是我的真實想法，可是馬上又覺得好像不太妥當，或許西野會認為我在調侃她，幸好她沒有露出不妥的表情。除了對初川前輩外，我不常坦誠說出對他人的看法，即使是正面的評價也一樣。

「雖然由我來說或許有點奇怪，但是西野小姐對自己評價過低了。」

從第一次見到她起，我就察覺到那異樣的感覺。明明有著無懈可擊的外表，加上平易近人的個性，但卻感受不到相應的自信，簡直就像是用巧手天工的技術做出來的人偶，打開內裡卻發現有個不知從何而來的破洞似的。

「說實話，我並不喜歡這樣子的自己。該怎麼說呢……總覺得別人不會喜歡我。雖然應該不致於討厭我，但即使能夠跟對方愉快地相處，我也只會覺得是僅限於當下的情緒而已……一旦道別後回到各自的生活，我在對方的記憶內殘留的東西就會變得煙消雲散，換句話說就是個可有可無的人。有時在路上走著的時候，也會產生一種自己的影子消失了的錯覺……」

「要是這麼說的話，那麼每個人也是一樣吧？每個人都是可有可無的存在，這個世界也不會因為少了誰而產生劇變不是嗎？」

她沒有回答，以一個苦笑作為回應，我掌握不了她寂寞的眼神下隱藏著的東西。

我們又多喝了兩杯，聊起了各自的工作。她對我在工作上遇到的人很感興趣，我聽她說起借貸業者的運作模式時也覺得出乎意料地有趣。不知不覺間快到末班車開出的時間，我們才意猶未盡似地離開。

前往車站的路上，西野好像必須集中精神才能保持腳步穩定似的。有好幾次，她都突然用指尖輕碰我的肩膀作扶助，雖然這種程度的接觸並不算什麼，但我也不禁暗自竊喜。

我們蹣跚地走著，離車站大約還剩五分鐘的路程，已經能看到車站出口處的亮光了。不知為何，她忽然停了下來。我轉頭看她時，她輕輕地拉著我的西裝外套。那道跟她的氣質相符的力度，透過衣服傳到我的手臂上。她默不作聲地低下頭，紋風不動地原地站著。她的表情比起醉意，更多是一種說不出來的害羞。

我望向左側的一棟建築物，那是一家成人賓館。

10

西野楓貪婪地吸吮著我的肉體，口中發出的污穢聲音令人無法想像她跟我認識的是同一個人。一進到房間，她就像換上了別的人格似的，每個動作都包含著激情。

我對於眼前的狀況仍然難以置信，儘管如此，肉體還是好好交出了反應。不知為何，明明是第一次跟她上床，我卻有種難以言喻的親密感，彷彿我們已經歷過這個行為很多次。她抱著我的方式，予人一種像是交往了一段時間的戀人的錯覺。

雖然不像千佳般有著傲人的上圍，可是西野恰到好處的身材比例就像作為裸體素描的女性模特兒般均稱。觸碰到她的身體當下，白皙又滑溜的肌膚彷彿有種無形的力量把我吸住，使我忍不住把她的身體從上到下都撫摸一遍。我們一次又一次地接吻，舌頭一次又一次地交纏，好像必須依靠對方的唾液才能繼續生存似的。

我俯視著躺在身下的她，準備把早已堅挺的性器放進她的身體內。她的表情宛如一段時間沒吃東西的小動物般，半開合的眼神中透出的只有渴望。不知為何，大腦突然就像故意要跟身體的感官對抗似地出現一種莫名的疏離感，明明她並沒有男朋友——如果她沒有說謊的話。

我故意用宛如獸類撕咬獵物似的大動作，在那副白皙無瑕又脆弱的肉體上做著不相稱的污穢行為。西野也沉醉地扭動著腰部來配合著我的動作，再次把舌頭送進我的嘴內。不知為何，真田畏畏縮縮的臉沒來由地浮現在腦海裡，把我的思緒從西野蛇舞般的舌頭處拉了出來，幸好她仍然閉著眼睛而看不見我皺眉的表情。我趕緊把真田的樣子抹掉，重新專注在眼前的狀況。

「你可以把這當成是最後一次做愛嗎？想像你的生命即將完結，而這一刻就是你漫長的人生中最後一次做愛，必須抓緊機會品嘗再也無法體會的快感……你知道嗎？當男人即將面臨死亡的時候，基於繁殖的本能會不自控地勃起，為了抓緊最後的機會把自己的基因播種……而那個瞬間，必然會是他們人生中最堅挺的時刻，彷彿所有細胞都為了繼續生存而變得活性化、爭先恐後地搶著要在死亡前宣示自己曾經存在過一樣。要是在那個狀態下做的話，恐怕不只是男人，就連跟他做的女人也會得到前所未有的快感吧……？神經變得異常敏銳、僅僅執行著傳導和感知作業的肉體……直至一切完結之前，都會持續待在『極樂』的世界……」

她的眼神不知從何時開始變得迷離，彷彿精神和肉體並不在同一個地方。她的情緒透過身體反饋給我，漸漸地就連我也感到有點暈眩，像是即將要跨進別的領域。大腦的興奮蓋過了肉體的感覺，彷彿同時被兩種不同的快感侵占著一樣。可是一瞬間之後，那種失神感又像黏在牆上的蚊子般，明明上一秒仍然動也不動，下一秒卻忽然消失了。

難道這就是我的臨界點嗎？一旦到達這種地步，快感就無法再往上遞增，本來忽視了的「自我」又重新掌握了主導權。身體的快感仍然持續著，可是精神面已經回復平靜了，不管再怎麼努力投入，那陣疏離感依然彌漫在四周。

高潮過後，我們不發一言地沉沒在性愛的餘韻中。西野的眼神渙散一片，緊抱著我的手一直沒有鬆開。我伸手到之前隨意丟在地上的西裝外套，從口袋裡拿出菸，沒有在意她就點起了。煙霧在空中散開的時候，她突然開口了。

「東條先生跟一般的男人不同呢。」

「這是什麼意思？」

「只是有這種感覺……男人在做愛時不是都想到達『極樂』的境界嗎？有些人還會因此而展露出極度猙獰的樣子……可是東條先生就像即使在親密狀態下，仍然堅持要保持著最低限度的理性……」

「……不好意思。」

「沒關係，我並不是在抱怨……而且我也很舒服。」

為什麼要跟我上床。我沒有把這句話說出口。沒有非知道不可的必要性。我把吸完的菸捻熄，把燈關掉。西野入睡的呼吸聲輕輕傳到耳內，似乎睡得很安詳。我想起今天忘記了卡術的事情，雖然沒有什麼大不了，可是日常的節奏被打亂了使我有點煩躁。為了把這個惱人的念頭驅走，我伸手回抱住西野，期待這樣能夠快點進入夢鄉。

11

醒來的時候，西野已經離開了，只留下了一張寫著「我去上班」的便條紙在床邊。我查看手機上的時間，距離應該要上班的時間已經過了兩個小時。有一則來自千佳的未讀簡訊，她還打了三次電話給我。

「你今天不是休假吧？睡過頭可不像你。」

我點起菸，隔了一陣子才整理好前一晚的記憶。事到如今根本沒有上班的幹勁，今天乾脆缺勤算了。雖然是黑心企業，但是社長毫不在乎員工遲到和無故缺勤，他在意的只有公司的利潤。公司的運作並不會因為缺少了誰而無法運作，因此僅是扣掉當天的薪金就能了事。仔細想想，或許正是因為有著這樣的自由度我才能接受在這兒工作吧。

「抱歉，突然有點事。」我以簡訊回覆千佳。

我沖了個澡，有種身上沾了西野的香氣的錯覺。我決定回家後要追回昨晚的卡術進度，可是把西裝重新穿好後，千佳回覆說今天是小光的生日，邀請我晚上到她家一起慶祝。

「妳跟他慶祝不就好了？我在的話總覺得怪怪的。」

「每年也只有我跟他慶祝的話，他也會寂寞吧。再說，待他睡了之後我們可以一起抽大麻。」

「大麻才是妳本來的目的吧？」

「就這樣說定了，八時左右你直接來我家吧。禮物什麼的就不用了。」

我嘆了一口氣，她一旦決定了就不會給別人選擇的餘地。

回到家後，我利用之前鈴木給我的簡歷，申請了幾個網上電子錢包的帳戶。現代的電子錢包幾乎跟銀行無異，即使不一定會用到，但光是放著以備不時之需也值得。

所謂電子錢包，就是指作為第三方的線上支付公司。在網上購物的時候往往要填寫一堆個人資料，先不論填寫的過程麻煩，事實上個人資料往往也是透過這種渠道泄漏出來，成為卡術師能夠買到的組件。於是，重視個人資料的電子錢包公司就誕生了。只要用電子郵件建立帳號後，把信用卡的資料輸入一次就能成功連結電子錢包，自此之後購物時只要選擇使用電子錢包，輸入帳號密碼就能成功付款。

現時全球的電子商務總額中，經由電子錢包付款的就佔了兩成左右，加上推出的功能越來越多，不管是存款、領款、付款和收款統統都能透過電子錢包完成。如果在同一家電子錢包公司有帳戶，只要輸入對方的電子郵件就能付款，實在是非常方便。不過由於本質上跟銀行相似，即使電子錢包允許只用信用卡連結也好，建立帳戶時單靠麵碎是很難做到的。

牽涉到巨額金錢流動的公司往往有著極其嚴格的安全系統，光是申請帳戶可能也會經過多個繁複的程序。近年電子交易越來越流行，因此電子錢包公司為了防止有人不法地使用他們的服務，有時甚至會無故封鎖掉用家的帳戶，直至用家通過驗證程序才解除封鎖，抱著寧可錯殺也不放生的信念。

雖然很麻煩，但電子錢包公司也因此受到大眾的信賴。跟網絡商店一樣，電子錢包的帳戶也是需要時間經營的。要是申請不久就有大額的金錢流動就跟自殺無異，因此建立帳戶的初期不應該頻繁地使用，流動的金額也不應該太大。

比如說，假設我建立了甲、乙、丙和丁四個電子錢包，並且打算以甲作為主要的儲金帳戶。這種情況下，通過了基本的驗證程序後我必須先花至少三個月經營甲的帳戶。過了一段時間，待它們的安全系統適應了這個帳戶的日常往來金額後再逐步提升，像是把來往的金額從數百美元提升至一千美元左右，再給予系統一段時間適應才再次提升。

一旦帳戶甲的安全系數提升到一定的程度後，這時候就輪到其餘三個帳戶了。理論上，四個帳戶的經營是同時運作著的，唯一的分別是帳戶甲並不會牽涉到從卡術得來的錢。假設透過卡術得到的錢是一萬美元，我會先把五千美元存進帳戶乙，然後用不同的名目匯三千美元給帳戶丙，帳戶丙再用別的理由匯一千五百美元給帳戶丁，最後才由帳戶丁把大約八百美元匯到帳戶甲。

當然這只是理論上的做法而已。實際上，除了甲以外的三個帳戶會持續做出頻繁的交易，目的是隱藏錢的來源。重點是，把錢匯給帳戶甲之前，那筆款項必須已經經過好幾重交易，變得無法追查來源。事實上，其餘的三個帳戶很可能在某個階段觸發安全系統而遭到封鎖，這也是必然會有的風險，百分百成功的卡術師並不存在。一旦發生這種情況，也只能忍痛接受現實並放棄那個帳戶。用極端的說法來說的話，只要帳戶甲沒有出現問題，即使失去其餘所有帳戶也沒關係。

在卡術的世界中，一個經營了長時間、沒有任何不良紀錄、而且允許大額金錢流動的電子錢包帳戶甚至能夠以數千美元的價值賣出去。對於卡術師來說，電子錢包可說是其中一個最重要的組件了。即使技術再好，要是沒有穩妥的存錢途徑也是徒勞。

把可以棄用的電子錢包也算在內的話，我共有二十個帳戶，其中四個用作儲金帳戶。我每天都會登入並檢查它們的狀態，今天打開其中一個儲金帳戶的時候，發現它不知何故被封鎖了。

我用力拍打桌子，把正在喝的罐裝咖啡也弄倒了。雖然是儲金帳戶中最少的一個，可是裡面也有三萬美元左右。比起失去的金錢，更讓我生氣的是之前的努力都白費了。即使是普通地使用，有時帳戶還是會莫名地被封鎖，因此追究原因並沒有意義，只能遵從平台要求的條件才能解除封鎖。

解除封鎖的條件是帳戶持有人必須自拍一張拿著先前用作身分證明的證件並上傳。這種驗證方式近年來越來越流行，有些網站甚至在申請帳戶的時候就會要求用戶這樣做。我查看當初上傳的身分證明文件，這份簡歷來自一個越南人，因此上傳的也是偽造的越南身分證。

這下麻煩了。應該乾脆放棄這個帳戶嗎？畢竟我不可能找到一個跟那張偽造的身分證上一模一樣的越南人自拍。雖然在卡術的世界中有很多人擅長偽造文件，但是要通過這種驗證方式的話，必須預先向他們說明並使用他們提供的簡歷及自拍照，也就是說他們無法利用我現存的那張越南身分證提供自拍照。

我想起了鈴木，或許他有解決的辦法，畢竟他曾說過關於卡術的事情大部分都能解決。我決定把這件事先暫時擱置，待下次見面才問他。反正如果有解決的辦法，什麼時候解除封鎖都可以。

晚上七時半。我從抽屜拿出大麻放到大衣的暗袋裡，出門截了一輛計程車去千佳的家。

12

雖然千佳說過不需要禮物，可是總覺得兩手空空前去不太好，於是下車後特地在附近看看有沒有什麼能作為禮物的東西。附近仍然營業著的就只有便利商店，儘管知道裡面根本沒有適合的商品，我依然不死心地找，結果買了新出的漫畫雜誌。剛離開便利店就後悔了，與其把這種一看就知道是剛買的東西送人還不如不送。

千佳開門的時候，坐在飯桌旁的小光有精神地向我打招呼，看來因為正期待著桌上的壽司而感到很興奮。雖然小光偶爾會展現出跟年齡不符的姿態，但畢竟還是個小孩。我硬著頭皮把剛買的漫畫雜誌送給他並說了句「生日快樂」，雙手緊張地微微顫抖。除了認為禮物不體面外，還因為想起他上次對我說的話而沒來由地感到羞愧。幸好，小光並沒有露出嫌棄的表情，反而笑得很燦爛地向我道謝。在一旁看著的千佳一邊取笑我，一邊把壽司送進嘴內。

整頓晚餐我幾乎沒說話，都是千佳在跟小光聊天，本來就不擅長跟小孩相處的我赫然像個突兀的陌生人似的。雖然比起勉強說出沒意義的話，這樣子還比較自在，但卻不禁有種只有自己被排除在外的感覺。

小光不論是行為還是說話都比一般的小孩子成熟，或許是因為生活在單親家庭中，而千佳能夠陪他的時間也不多的緣故，逼於無奈只能變得獨立。可是當說起學校裡的生活時，他純真的表情又會讓人想起他只是個不夠十歲的孩子，總覺得這種時候的小光耀眼得讓我無法直視。不久的將來他也必然會到達體現到世間冷漠的階段，到時候這道純真的表情也會逐漸消逝，無法再找到一絲痕跡，就像初川前輩和西野一樣。

千佳把小光送到房間去睡之後，我們開始在客廳抽大麻。

「習慣了這家公司沒有？」千佳突然問我。

「第一個月之後就習慣了。雖然社長有時候確實挺麻煩的，但只要順從他的指示他也不會說什麼。至於他的指示是否正確、會不會導致不必要的麻煩之類的事情，不要去想就可以了。」

「確實是這樣呢……問題是幾乎沒聽過他會說出合理的指示。」

「我覺得這一點挺難的，從別的角度來說這也是他厲害的地方。怎麼說呢，就像在一堆每道題都只有兩個選項的選擇題中，他每次都能選到錯的答案一樣。」

千佳笑了出來，她的眼睛因為大麻的關係而變得迷濛。我們又聊起了各自認為有吸引力的會員，我猶豫要不要把前一晚跟西野的事情告訴她，可是最終還是打消了念頭。

「……因此我認為近藤絕對是公司會員中最優秀的。」

千佳所說的近藤，是其中一個最多女人想跟他約會的精英會員。今年才三十五歲的他，已經是一家時裝公司的設計總監了。不只學歷和工作無懈可擊，深邃的五官和開朗健談的性格使他更顯完美。

「我總覺得那傢伙是享樂型的……他願意見面的女人，基本上全都是我們的會員中最漂亮的，但是背景方面也相差太遠了。雖然以他的條件來說這麼做也很合理，但一旦完全根據外表來決定見面對象，就有種他根本不是打算認真尋找對象的感覺。搞不好，在他約會過的女會員當中，有部分已經被他上過了，只是沒有正式交往罷了。」

「要是近藤的話我倒是不介意，我乾脆在公司的系統內建立自己的檔案再跟他約會好了。」

「開始出現奇怪的想像了……他上完你後，一臉認真地送你新衣服的畫面……」

我們同時大笑。腦袋變得飄飄然，我茫然地看著升起的白煙在空氣中消融。

「我好像沒有跟你說過關於小光父親的事吧？」千佳突然開口。

「沒有，怎麼了？」

「突然想起了無趣的往事……那個男人令我改變了不少，在各種方面來說都是。他是朋友的朋友，第一次見面的時候就覺得這個人的性格很古怪。他高中輟學，夢想是成為攝影師。雖說是夢想，但完全看不出他有在向目標邁進，是典型的還未成名就自視為藝術家的類型。

說來有點不好意思，雖然現在看不出來，但以前的我很容易墮入愛河，而且是為了愛情不惜粉身碎骨的那種女生。我已經忘了是怎麼開始跟他交往的，能想起來的就只有自己不斷遷就他的各種古怪習慣和脾氣的片段。成為攝影師本來就不是容易的事，更何況他不屑於跟自己不喜歡的人來往。即使對攝影有種狂熱的執著、相機從不離手，可是終究無法變成收入。

『只要有一份作品紅起來，工作就會源源不絕地湧過來了。』

總是這樣說著的他，持續向不同的雜誌投稿，也會在網絡上公開自己的作品，可是從來沒有人向他發出工作邀請。儘管如此，當時我覺得他高興就好，還天真的認為只要兩人能一直擠在那小小的單人套房也沒關係。但是很快地，沒有工作的他就把積蓄花光了，還反過來向我借錢。」

「最差勁的男人呢。」我附和似地說道。

視線變得狹窄起來，西野的臉突然浮現在腦海，是因為大麻的效果嗎？我想起她說的工作上的直覺，要是西野看到那個男人會有什麼想法呢？要是她的直覺真的那麼準確的話，恐怕會不禁皺起眉頭吧。

「我曾勸他去打工，可是因為他的性格，經常做不到一個月就辭職不幹了，不是跟其他人處不來就是說浪費時間。我也沒辦法，只好繼續借錢給他……後來我都懶得去算金額了，反正根本看不到他有還錢的能力。

他常常會思考新的攝影題材。每次想到新的題材時，他會像個小孩子般興奮地拿著那種又貴又笨重的相機不停地拍。要拍攝人像時，對象通常都是我。老實說我也挺高興的，只有那種時候我才會有二人一起在朝著目標努力的感覺。可是，有好幾次我都無法認同他的做法。

有時候一旦決定了拍攝題材，他為了拍攝到想要的畫面會變得不擇手段。我不會游泳的事被他知道後，他說想拍攝遇溺的人的無助表情，當晚就硬把我拉到海邊附近，不給我拒絕的機會就要求我跳下海。我站在防波堤上，凝視著漆黑一片的海面，雙腳不停地顫抖，只有按下快門的聲音不斷傳來我的耳邊。

他真的會救我嗎？我滿腦子都是這個疑問，當時他的眼神完全著了魔，簡直像是為了拍到想要的表情不惜殺掉我也沒關係似的。還在猶豫的時候，他冷不防地從後推了我一把，我就這樣尖叫著掉下去了。我在水中掙扎著想找支撐物，可是雙手不停抓空，陷入恐慌狀態的我又浮又沉地，只靠著本能反應伸手出海面。那個時候，我注意到的只有在夜幕中他那變得漆黑的身影，還有無感情地不停按著快門的聲音。

每一秒也變得像一小時般漫長，不知道過了多久，我感覺快要失去意識了。儘管我想告訴他這件事，可是一張開嘴就灌了不少海水進胃裡。自己要死了，我那無意義的人生就因為這種無聊的原因而完結了。直到現在，那種到達臨界點的感覺仍清晰地殘留在我的體內。恐怕當時再過半分鐘我就會沉下去窒息而死吧，這時候他才游到身邊把我扶回岸上。事後我痛哭了很久，澈底地把他想要的『無助』體現了出來。」

「……瘋了。」我連吐出煙霧的動作也忘記了。

「對吧？可是我依然無可救藥地愛著他，現在回想起來也覺得可怕。」

「之後就懷上小光了？」

我望向小光房間的門，彷彿在警戒著他。

「不，那是再之後的事了。那輯照片並沒有為他的事業帶來改變，一想到這一點我就更生氣了。那次之後，他答應我不會再做類似的事情，儘管我並不相信他。

後來有一次，他偶然在網絡上看到一輯模特兒被繩子綑綁著，形成在空中倒吊姿態的照片。看見的當下他就發狂了。在網上調查過後發現，那是一種稱為『繩縛』的藝術。雖然有時也會在色情影片中看到繩縛的畫面，可是真正的繩縛並不只是應用在色情範疇上，甚至還有名為『繩縛師』的職業。

雖然不知道是什麼，但是我肯定有某種東西觸發到他內在的狂熱了。他甚至不知道從哪兒找了一個繩縛師拜師學習。當然，用的也是我的錢。

那段時間他對繩縛的技術沉迷得幾乎連攝影也忘記了，一有時間就會研究不同的縛法，也會在我身上試驗。接觸到繩縛後他確實有些改變，向來固執的他開始會思考別人的心情了。不只是他，就連我也從中發現了新的自我。第一次被綁的時候，明明全身都動彈不得，我卻有一股無法形容的釋放感……甚至還哭了出來。就連做愛的時候，被綑綁著的我也迎來了前所未有的高潮。

『最高級的繩縛師，會讓繩子本身作為主體而存在。不管是繩縛師還是被綁的人，都不過是整個作品的配襯而已，襯托著彷彿擁有了自主意識的繩子，任尤其支配著……』

他曾說過這樣的話。雖然不明白，但我有種預感他會做出跟以往不同的成績。」

千佳描述著往事的時候，眼神總是迷茫地望向某處。

「說起來，最原始的麻繩也是用大麻製造的呢……不，跟這個無關，只是突然想起了這件事。總而言之，我們拍攝了一系列關於繩縛的作品，數量可能比他以往的作品加起來都多。

終於有一次，他的作品被某家雜誌社看上了，希望他另外拍攝一輯相片，好讓他們做一個關於繩縛的專題。他第一次靠著自己的相片賺到了錢，即使並不是什麼大錢，我們依然非常高興。不只是攝影，還有些俱樂部會邀請他作為繩縛師去出席一些表演項目。看見受寵若驚的他顯得不知所措時的樣子，我覺得那是跟他一起的時光中最幸福的事情。

就是在那個時候，我發現自己懷上了小光。自從接觸了繩縛以來，我們做愛的次數就變多了，而且也更加激烈，就像繩子成為了催情劑似的。起初雖然有點擔心，但因為他當時也開始有收入，我心想靠兩人的收入湊合著也總該勉強夠生活，於是就排除了把孩子打掉的想法。得知我懷孕時他比我更高興，還承諾以後會好好工作，當時他的臉上掛著從沒見過的認真表情。」

「聽起來不是很好嗎？」

千佳不屑地發出冷笑的聲音。

「最初的時候確實是。雖然依舊抱著成為專業攝影師的夢想，可是他偶爾也會接下繩縛方面的工作，我也沒有因為懷上了小光而辭掉工作，這個平衡就這樣維持了好一陣子。

諷刺的是，恐怕他在繩縛方面的才能比在攝影方面高，而且不只是高一點點。除了那個雜誌專題外，他接到的所有工作都是作為繩縛師而做的，攝影方面的工作一件也沒有。儘管我們依然會拍攝繩縛的主題，可是他的熱情也隨著時間而逐漸變淡了，攝影才是他真正在乎的東西。

攝影作品越是沒人欣賞，他就越是花費時間精力在上面，簡直就是個賭氣的小孩。後來他甚至連繩縛的工作也放棄了，大概是自尊受傷了吧。繩縛師的工作本來就不算多，他卻就這麼乾脆放棄，導致唯一的收入來源也失去了。除了拒絕工作，他就像要否定過去的自己似的，先是把繩子全部丟掉，後來連之前拍攝的所有關於繩縛的相片都刪掉了。那個時候的他是真正地瘋了。我彷彿看見一直支撐著他的繩子在暗地裡嘲笑著他，並故意使他發瘋來作為背叛的懲罰。就像他說過的，繩子擁有了自我意識，並支配了他的人生……

我們為此爭執不斷，他的固執又比以前惡化了，完全陷入了歇斯底里的執迷中。受到了繩子的詛咒，他就連拍攝的照片也失去了以往的美感。儘管不被欣賞，他的照片本來還是有著一定程度的水準的，即使我不是專業也能看出當中的分別。他的照片越來越無趣，支離破碎的構圖就像業餘人士隨便拍攝的練習作品，但他本人卻狡辯說只不過是因為自己又改變了風格，希望藉此踏上更高的境界。

花光所有錢後，他又開始向我借錢。噢，對了，這個時候我們已經結婚了，不過真的僅是結婚了而已。沒有戒指，當然也沒有婚禮，只不過是因為結婚能夠申請政府的資助而已。難以置信對吧？不過我本來就不太在意，我沒有那種一旦結婚了整個世界就變得不同了的想法。比起這種事情，我更在意即將出生的小光。

我們為錢的問題吵過很多次，吵得後來我也懶得管了，隨他想怎樣都好，只要別問我借錢就好。這時候，不知為何他突然有了賭博的習慣。起初他瞞了一段時間，後來我發現有些時候他的情緒會變得很暴躁，嚴厲質問他後才如實吐出，我簡直氣瘋了。或許你會問，既然他沒有錢又怎麼賭？恐怕也不用說了吧，就是靠借貸公司借錢。我不知道他當時已經賭了多久，那時候他已經是欠債纍纍的狀態了。

說實話，我無法想像人類可以荒謬成這種樣子。明明已經沒錢，還有即將出生的孩子，這種時候不但不工作，甚至還沉迷上賭博，把自己弄得一身債務？那個時候我醒覺了，終於察覺到這個男人的真面目了。不，或許事實上我早就知道這件事，只是一直都選擇性忽視而已。由於我堅決不借錢給他，被債務逼入窘境的他只好老老實實地找工作，可是依然會偷偷地賭博。結果他連攝影都放棄了，但我已經對這個人厭膩了，不想再理會他的事情。

小光的出生是我下定決心跟他分開的原因。抱著剛出生的小光時，我就像第一次被繩縛的時候一樣，彷彿長久以來壓抑下來的情緒瞬間湧現出來般抱著他哭了很久，久得像是時間永遠停止了似的。我仍記得哭完之後，很冷靜地對那個男人說『我們分開吧』。他先是愣住了，然後點了一下頭，眼框滲透出淚光的眼神中有很多情感交錯著。恐怕那一下點頭，是他所能給予我的最後的溫柔吧。」

千佳的神情變得十分舒暢，無法判斷是因為她把這段過去釋懷了，或者單純是因為大麻的效果而已。

「小光出生之後，你們沒有再聯絡嗎？」

「他偶爾會發簡訊給我，心情好的時候我也會把小光的照片發給他……可是也就僅此而已。我們沒有再過問對方的近況，我連他是否仍在賭博、有沒有工作、對攝影的熱情是否仍存在都不知道。」

「人與人之間的關係本來就是這麼一回事……」

一陣響亮的鈴聲打斷了我們的對話。我把手機拿出來，是一個沒見過的號碼。

「現在方便說話嗎？」對方劈頭就說。

那是鈴木的聲音。向千佳示意過後，我獨自走到廚房裡。

「那張卡的事情，我已經查到了。基本資料方面，我待會透過手機簡訊發給你，你儲存到別的地方後就刪掉吧。」

我屏住氣息。事實上，我對西野的個人簡歷並不太在乎，讓我在意的是她在這以外可能隱瞞了的事。雖然無法理清這種情緒的來源，但肯定跟和她上床這件事無關。

「直接說結論吧。那張卡的持有人雖然是西野楓，但是使用的信用額跟她無關……那是一張附屬卡。」

附屬卡。我有種恍然大悟的感覺。這樣就能說得通為什麼以她的工作卻能持有鈦金卡了，可是這麼一來又產生了別的疑問。

「是她的家人嗎？」

「不，姓氏並不相同……主卡的持有人名叫黑木，是個經營了五家俱樂部、另外也有幾家體育用品店的四十幾歲男人。」

「附屬卡不是只有直系家屬才能申請嗎？」

「雖然一般來說是這樣，可是視乎不同銀行的做法，有時即使不是家屬也能夠申請……也可能只是單純改了姓氏。」

那個叫黑木的男人會是什麼人呢？浮現在腦中的第一個想法是她的情人，尤其是這種有一定財力的男人。因為已婚而無法名正言順跟女人在一起，只能透過金錢來維繫關係的事件並不罕見。

「雖然你說不需要她的銀行紀錄，我還是順便查看了一下……就當是給你的情報優惠吧。我沒有調查過那個男人的詳細背景，可是他每個月也會定期轉帳一筆錢給西野楓，至於原因我就不知道了。但是，她從來沒有動過那些錢。」

定期轉帳？是包養金嗎？但要是西野一直沒有動過那些錢，事情又太奇怪了。

「我明白了。謝謝你，錢方面我會在下次見面的時候一併付清。」

打算掛線的時候，我突然想起了被封鎖的電子錢包帳戶，於是把事情的始末大致告訴了鈴木。電話的另一側傳來一陣沉默，背景聽起來有微弱的音樂聲，看來他正在某家店子的外面。

「你還保存著那張越南身分證的備份嗎？」他問我。

「是的。但只有掃描檔而已。」

「這樣就足夠了。你先把掃描檔發送到我給你的電子郵箱內，我會根據證件上的照片找一個樣貌相似的人拍張照片，再用修圖軟體把他拿著的卡改成掃描檔上的證件就可以了。」

「咦？可是這樣不會被識破嗎？照片上的人跟證件上的根本不同吧。」

「這種驗證方法聽起來雖然麻煩，對電子錢包的公司來說也比較穩妥，但最後負責驗證的也是人手。事實上，負責驗證的人一天要檢查很多這類型的照片，因此只要確定驗證的相片合符要求，他們也不會特地去仔細看那個人跟證件上的樣子差別。當然，我會儘量找一個相似的……另外，你用的電子銀包是國外的吧？對於外國人來說，亞洲人每個看起來都一模一樣，因此問題不大。但是解除封鎖後，我還是建議你盡快把裡面的錢移到別的帳戶去，被封鎖就意味著他們已經對這個帳戶起了疑心。」

我也認同他說的，默默盤算著之後該做的事情。

掛線後鈴木用電子郵件把西野的簡歷發過來給我。西野的個人簡歷沒有什麼特別的地方，可是她跟那個叫黑木的男人的關係一直在腦中揮之不去。儘管如此，我也不可能親自問她，只好暫時擱置這個問題。

回到客廳，千佳已經伏在桌子上睡著了。我沒有喚醒她，獨自點起了大麻，恐怕今晚也是個鬱鬱無眠的晚上。

13

跟有男朋友的女人做愛時，我經常會不小心恍神，不管如何努力保持專注，也會在某個時間點突然分心到別的地方去。有時是床鋪的皺摺，有時則是床邊的櫃子的顏色，或者是天花板反射出來的陰影……總之就是無法集中在眼前的女人上。

自從第一次跟有男友的女人上床之後，我就像跟這類型的女人結下了某種緣份。我無法解釋這個現象的成因，也絲毫不在乎。在女人方面，我總是抱著來者不拒、去者不追的態度。畢竟再親密也好，充其量不過是漫長人生中的一個段落，從相遇、做愛到離別，本質上來說就跟新陳代謝無異。

戀愛背後有一套宏觀的系統，跟有男友的女人上床也是有公式的。跟數學公式不同的是，並不是只要做了什麼特定的事情就能到達下一階段，一直持續解開到最終答案——上床為止。即使跟隨正確的步驟逐步推進，中途可能出現的問題也多得無法想像。可能是被男友妨礙、可能是女方在道德上的猶豫、甚至可能只是剛巧碰上她的生理期。總之，有時根本無從解釋失敗的原因，在這個層面上倒是跟卡術非常相似。

最初的對象是一個名叫雨宮的女生。當時我仍在唸高中，雨宮則是附近的另一所學校的學生。我以前唸的是男校，放學後總是會跟其他人一起在學校附近的一個街頭籃球場流連，那個籃球場因為位置偏僻，除了這兩所學校的學生以外幾乎沒有人去。我主要是為了抽菸和消磨時間才會去那兒的，打籃球的時間反倒比較少。

因為經常見面的關係，我們跟另一所學校的人逐漸變得熟絡，隨著幾對情侶開始交往後，整個團體就變得越來越大。因為我們是男校的關係，交了男朋友的女生總喜歡把自己的女性朋友帶過來，好像故意要把她跟我們當中的某個人撮合才滿意似的。雖然曾經有幾個女孩向我示好過，但我並不想陷進沒意義的戀愛關係，於是故意露出興致缺缺的樣子。

雨宮是唯一的例外。她第一次來到籃球場的時候，馬上就有幾個人流露出對她的興趣。雨宮有著一雙水汪汪的眼睛，看起來又大又明亮，彷彿光靠眼神就能描述自己的心情似的。即使有著漂亮的外表，她也毫無架子可言，輕易地跟我們打成一片。最出乎意料的是，當時會抽菸的女生寥寥可數，而她就是其中一個。

很快地就有幾個人對她發動猛烈的追求。我雖然也覺得她是唯一一個有吸引力的女生，可是並不像其他人般有著非得把她追到手不可的想法，僅是偶爾有空的時候會跟她用簡訊聊天。大概在一個月後，我就得知了她跟我班的某個男生開始交往的消息。我現在已經忘記那個男生的名字了，只記得我們當時交情還算不錯。他不抽菸，單純是為了打籃球才會去那個球場。不知為何在那個時候，我產生了強烈想得到雨宮的慾望。儘管如此，我們仍然跟之前一樣，只在籃球場才會見面，偶爾傳簡訊而已。要說當時我有什麼優勢的話，就只有我跟她算是比較聊得來，還有我們都會抽菸而已。

在長假期的某一天，她突然發簡訊問我要不要去她家陪她看電影。聽她說，她的爸媽因為工作的緣故經常晚歸甚至不回家，因此家中常常只有她一個人。我毫不猶豫就答應了，連她為什麼不找男友這一點也不在意。

到達她的家後，她隨便選了一張ＤＶＤ任尤其播放著，我們躺在客廳的沙發床上邊抽菸邊喝酒。剛洗完澡的她身上散發著香氣，加上酒精的催化下，屬於她的荷爾蒙佔據了整個客廳，經由空氣的顫動入侵到我的體內，繞過意識直接衝擊著潛意識。我完全無法集中在電影中，甚至連男女主角是誰也搞不清楚，光是要維持住理智就已經很困難了。

「不知為何，我覺得自己的大腿很粗。」

她沒來由地說出這句話，還特地向我展示自己的大腿。我目不轉睛地盯著家居短褲下的白皙肌膚，吞了一下口水，那個一看就知道充滿彈性的部分在我的眼中向外擴散，產生了一種要是伸手觸碰就會整個人被吸進去的錯覺。

「還好吧。我倒是認識一個粗得像怪物的女生……」

意亂情迷之下，不知為何我吐出了這句話。這時候我的腦袋已經無法思考了，單單為了不把句子中的語法弄錯就已經消耗了大部分的精神力。

「我是在學校附近的籃球場上認識那個女生的，她是另一所學校的學生……」

「你該不會是在說我吧？」

她把頭轉過來，我們的視線對上了，手上的啤酒罐不知何時已經放下了。

「不。她比我少一歲，我經常跟她一起抽菸……」

她突然翻身騎在我的大腿上面。香氣變得更濃烈了，電影裡面的人正在做什麼？

「聽起來好像是我呢。」她的語調變得嫵媚，就連呼吸也變得急促。

「不是妳。我偶爾會跟她傳簡訊，她說她的父母常常因為工作的關係而晚歸甚至不回家……」

她的臉湊得好近，呼出來的氣息帶著酒精的味道，她的身體好香。電影中的某個人大叫了一聲，聽起來像某種野獸發情的叫聲，那是人類的語言嗎？

「那個女孩姓什麼？」

「雨宮。」

「那不就是我嗎？」

我聽到有種東西斷掉的聲音，同時吻上了她的嘴唇。那道柔軟感不像是屬於這世界上的物質，深深地把我吸了進去。我伸出舌頭忘形地在她的口腔內蠕動，她也做出相同的動作回應我。我的手顫抖著，胡亂地在她的背上亂摸一通。跟我粗暴的動作不同，她緩緩地把手伸向我早已堅挺無比的性器，隔著褲子靈巧地撫摸著。全身都變得異常敏感，這個時候她把嘴巴從那個激烈的吻中抽離，湊到我的耳內並把舌頭伸出來肆意舔動。她的舌頭像是生物般刺激著我的耳朵所有的神經位元，觸電似的感覺直接傳到大腦，我發出了像是女性的嬌喘聲。

我著急又笨拙地脫去她的衣服，幾乎連她的內衣也弄破了。她望向我微微一笑，再次把嘴巴湊到我另一邊的耳朵，右手熟練地把我褲子的拉鍊解開。我已經無法再忍耐，性慾強烈得像是要從身體所有有洞的地方湧出來似的，直接把她的短褲連同內褲一併扒下來，露出我最渴望的地帶。我把她推倒在床上，打開她的雙腿，準備任由性慾把我吞沒殆盡。

進入她身體內的瞬間，我恍神了。那是一種難以形容的感覺，我看著淡黃色的沙發床，它仍舊是一樣的質料，正因為我的動作而開始晃動。播放著電影的電視仍在忠實地執行著自身的任務，男人正用英語對著另一個女人不知道在說著什麼。我望向自己的右手，上面的五根手指完好無缺。一切看起來沒有變化，但所有事物都變得不流暢，對周遭環境的陌生感排山倒海地湧出來，我嚇得差點大叫了出來。

這種感覺並沒有反映在我的肉體上，視線下方的性器依然有節奏地前後抽動著，彷彿懶得理會我的狀況地沉淪在自身的快感中。雨宮持續發出動人的甜美叫聲，快感使她不斷擺動雙手，好像不知道該抓著我還是床單似的。腰部就像脫離了大腦的控制獨立出來，前後抽動的動作不管持續多久也沒有疲憊的感覺。

我以不被雨宮發現的動作迅速地掃視了客廳一遍。她的菸掉在了地上，那個牌子的菸比較受女性歡迎，我從來沒抽過。她那胡亂地丟在一旁的內衣仍好端端地躺在沙發床的角落，那種質料看起來並不像便宜貨，或許是她的媽媽買給她的也說不定。我很輕易就能從喝完的啤酒罐分辨出哪些是自己喝的，因為我總是會習慣性地把喝完的啤酒罐捏一下，這個習慣是從什麼時候開始的呢？電影似乎快要完結了，男主角一邊哭泣一邊抱著昏迷的女主角，流著血的額頭看起來受了頗重的傷，話說回來這到底是什麼電影？

我高潮了。

在籃球場的時候，我跟雨宮就像沒事發生過似的。可是，一旦她的家沒人時就會叫我過去。我們沒有討論過這件事，我也認為維持現況很舒適，沒有必要特地釐定關係。我不知道她跟男友實際上相處得如何，也沒有興趣知道。偶爾趁大家看不見的時候，她會故意快速地抓我的性器一下，那種時候我會產生一種想把她的衣服當場撕破、再把我們的關係公諸開來的衝動。

雖然沒有第一次的時候那麼強烈，但每次跟她做愛時我仍會感受到那種恍惚感。我無法摸清那道感覺的正體，卻清晰地感覺到它一直殘留在體內並沈澱著。儘管如此我也不再在意，任由性慾的洪流肆意地把我吞沒。我們也有像普通的情侶般約會，有時候她的男友不在時她甚至會無視旁人的目光把頭倚在我的肩膀上，我也沒有刻意阻止她，一味抽著菸望著正在打籃球的人。

「其實比起他，我更喜歡你。」有一次光著身子躺在床上時，她突然對我說。

「是嗎。」

我並非故意迴避這個話題，而是不知道該如何回應她的心情。要是用純粹的二分法來決定喜歡或不喜歡她，我絕對是喜歡她的，甚至說她是令我最有感覺的女生也不為過，不管是肉體還是精神層面上都是。或許也是因為這個緣故，我不願意再推進這段關係。一旦確立了關係，之後就會有很多執拗不清的麻煩事。

那個男生很快就察覺到了不妥。不知道是他注意到了異狀、或者是雨宮曾經有意無意地向他隱喻過。總之，他對我的態度很明顯地改變了。每次見到我的時候，他總會向我投以怒目般的敵意眼神。

後來他甚至不再去籃球場了，導致我跟雨宮見面的機會也變少了。雖然曾有過短暫的忐忑，彷彿牙縫中塞著某種拔不出來的小異物般的感覺，可是一想到這也是理所當然的結果時我就不管了。

那個我一直無法想起他名字的男生，雖說有著不錯的交情，但恐怕也僅止於「不討厭的同班同學」而已，至少他從來不是會令我考慮跟雨宮結束關係的因素。可是，或許他就是那道恍惚感的來源。每次跟雨宮做愛的時候，我都有種正在使用別人的所有物的感覺，就像必須在理智上設立一道不容許跨越的安全線似的。

在雨宮之後，我就像獲得了某種能力似地，儼然間成為了眾多女性的出軌對象。即使不是故意也好，這種微妙的巧合也無法不在意。雖然這並不是應該向女方尋求答案的問題，有一次我仍是忍不住向其中一個比較熟稔的對象問起。

「雖然有點奇怪，但是可以告訴我妳會跟我上床的原因嗎？之所以會這麼說，是因為妳並不是第一個有男友卻還是跟我上床的女人，不知為何我就像有著某種特質，總是不自覺地吸引這種事情……明明並沒有出眾的外在條件。」

那個女人是我在大學時期的其中一個對象，我們經常一起沉淪在由性和藥物交織的快感中。她有點詫異地望向我，好像在確認我是不是認真似的，接著又慵懶地點起一根菸。

「該怎麼說呢……雖然我不知道其他女人的想法，但對我來說，像你這樣的人最適合作為出軌對象了。」

「我不確定這算不算是讚賞。」

「看從哪一方面說吧。要說你身上有什麼特質的話，大概就是那道壓倒性的疏離感了。」

「那是什麼意思？」

「怎麼說呢……你就像沒有實體的無機物似的，總是隔著一道透明的牆從容地觀察這個世界。人在跟他人接觸的時候，不多不少也會抱持自己的價值觀對吧？不，反而說要是沒有才更加奇怪吧。用比喻來說的話，就是每個人的眼中都有一道屬於自己的濾鏡，人都是透過他人眼中的濾鏡過濾後，才能得知自己在別人眼中的形態。可是你卻是既不批判也不迎合，僅是看著別人最真實的內在自我。和你做愛的時候，在你眼中反映出來的就是自身不加修飾的內在……雖然這麼說不太好，但與其說跟你做愛是兩個人之間的親密行為，更像是我為自己找到一個排遣慾望的理想渠道。」

「不要緊。雖然有點似懂非懂，但我好像能理解那種感覺。再說，對我而言也沒有損失。」

「不過這也僅限在性方面。不要誤會，我認為你作為朋友是很好的，但要是再進一步地交往的話，恐怕終有一天會被逼正視地獄呢……畢竟人類是無法長期直視自己內在的黑暗面的。」

她曾經在我身上看到可怕的自己嗎？我不禁這樣想。要是我真有這種特質的話，除了淡然接受也沒有能夠做的事情。就像她說的，我既不批判也不迎合，存在的事物也僅是存在罷了。

我把她遞上來的迷幻劑放進嘴內，點燃了一根新的大麻，又跟她做了一次。那時候的她比平常更大幅度地扭動身體，不知道她變得亢奮是因為藥物，還是看到了自己的內在所致。

14

自從跟西野發生關係後，我跟她偶爾會用簡訊聊天，內容不外乎是工作上發生的事情、或是午飯吃了什麼之類的日常瑣事。後來我也發了簡訊給真田說「已經跟西野小姐聯絡過，可是對方好像不想透露原因，只交代說希望跟真田先生道歉」，但是並沒有收到他的回覆。或許對他而言，這樣就算是完結了吧。

我一直對於鈴木說的那個定期匯款到西野的帳戶，名叫黑木的男人耿耿於懷。明明和我沒有關係，這件事卻像在大腦中形成了癥結般持續糾纏著我。儘管如此，我也不可能輕率地向西野打探。

平常的西野溫文有禮、柔弱的模樣使她自然而然地勾起雄性的保護慾；可是一旦跟她深入交談過，又會發現她內在有著久經世面且獨立的思考模式。她沒有任何先入為主的觀念，也沒有什麼特別堅定的信念。她就像隨著容器而改變形態的水一樣，但也不能完全說是隨波逐流的類型。她就像個對身邊所有事物都感到好奇的小女孩，但同時任何東西都無法使她得到滿足，她並不想要完全的滿足。她總是一副悠閒的樣子，彷彿任何理應激情的事物放到她面前也只會旋踵即逝、而她卻依然毫無惋惜似的，悠閒到近乎寂寥的程度。

但是一旦上了床，她就像要抓緊當下的每個瞬間來品嚐原始的快感，甚至必須把其提升到另一種境界。就像明知道無法得到滿足，卻依然不死心地拚命追求，追求某個從未接觸過、甚至不知道是否存在的彼岸。難道真田也是因為這樣，才導致無法回頭地迷戀著她嗎？彷彿被不可抗力拉到無底的深淵似地，明明永遠不知道最深處有什麼存在著，只能憑藉周遭呼嘯的空氣流動來判斷自身的狀態，再次回過神時發現背後已經什麼都不剩了。

在西野的邀約下，我們再次在之前的酒吧碰面，這次只喝了一杯酒就離開了。就像有了不說出口的默契般，我們自然而然地走到賓館。

大得不合理的雙人床旁邊有一塊巨型的鏡子，為了供客人們透過它來直面自己羞恥的表情。灰色的牆紙有著歐陸式的文藝設計，可是在昏暗的燈光下無法細看清楚，反而顯得有點陰森駭人。有了之前的經驗後，西野很自然地脫下衣服，房間再次被她獨有的香氣籠罩起來。

我們擁抱。我們接吻。我們做愛。

一切都很自然，情緒卻被一種毫不相稱的違和感佔據著，彷彿這一切既無色彩亦無成果，只有累積的性慾得以排解似的。

「東條先生果然很特別呢。」

西野像是在觀看從未見過的生物般凝視著我。我不習慣應對直接的讚賞，用眼神表現自己的疑惑。

「曾經有人對我說過，這個世界最舒服的性愛有兩種。第一種是跟自己非常愛的人做，另一種則是跟自己非常討厭的人做。這兩種我都嘗試過……確實是兩種截然不同的快感。在東條先生身上，我發現了第三種。」

「那是什麼樣的感覺？」

「該怎麼說呢……比較接近自慰那種無拘束的感覺，就像不管怎樣釋放自己也可以。」

「以前也有人說過類似的話呢。我自己是不太清楚，可是只要對方感覺良好就可以了。」

我們陷入了一陣突然但不怪異的沉默。腦海萌生出一個不適當的念頭，還來不及遏制時就已經衝口而出了。

「西野小姐真的是單身嗎？」

「咦？」

她的臉上閃過一絲受到質疑的挫折感，但一瞬間後又消失了。

「就像之前說過的，老實說我無法想像西野小姐這樣子的女性會是單身。或許妳沒有自覺，可是在男人眼中妳確實是個很有魅力的女性。加上真田先生的例子，我不禁想西野小姐可能不是『找不到對象』，而是『出於某種原因才一直維持單身』，沒錯吧？希望妳不要介意，但我確實曾經認為妳是抱著不純的動機才成為我們公司的會員的……雖然即使如此也沒關係。但要是這樣的話，我又覺得未免太多此一舉，畢竟以妳的條件並沒有必要付錢去認識男性……而且妳對理想對象沒有提出任何的要求。可以的話希望妳能告訴我實情，當然這並不會影響我們的關係和妳的會員資格。」

我能感覺到西野的內在正經歷著前所未有的掙扎。房間內的空氣一下子變得乾燥起來，幾秒後她緩緩地開口。

「是東條先生的話，應該沒關係吧……可是說實話，我從來沒有跟別人說過這件事。你還記得上次我說過的夢想嗎？」

「嗯，你說希望終有一天能得到幸福吧？」

「當時之所以會這麼說，是因為我是個無法得到幸福的人。」

她深吸一口氣。

「其實，我受到了詛咒。」

腦中浮現出一種怪異的想像。詛咒？是指釘在樹上的稻草人那種嗎？西野察覺到了我的疑惑，莞爾一笑。

「不是你想像中那種。要說明起來或許有點花時間……但還是從頭說起比較好吧。」

※

我之前說過自己有一段時間搬到鄉下對吧？原因是母親患上了癌症，但發現的時候已經是末期了，就連醫生也建議與其讓她接受治療導致更痛苦，倒不如找個地方休養一下享受剩下來的日子還比較好。

母親是個非常神經質的人。她的情緒有著極大起伏，即使看起來很高興，可是下一秒就開始大哭起來也是常有的事。無論帶她看了多少個醫生也無助改善病情，有時甚至會無故進入歇斯底里的狀態不斷尖叫。不管是我還是父親，心裡都曾想過她的癌症不多不少是源自於她的精神狀態，只是一直都沒有明說。後來我才知道母親以前並不是這樣的，只是從懷上我開始她就有了抑鬱症，在我出生後不但沒有改善，反而更加惡化了。

父親本來在銀行任職中層幹部的位置，本來就已經吃力的工作量加上母親的精神問題使他蒼老得很快，看起來比實際年齡還老一截。他一直獨力支撐著這個家，不管是對我或是母親他都付出了一切。為了不讓如此努力的父親添更多麻煩，我一直努力當個聽話的女兒。除了上學以外，我總是貼身照顧著母親，因此幾乎沒有交到什麼朋友。

母親有時候會無故罵我的衣著太暴露，是不是打算勾引男人。當時我還是個剛上國中的女孩而己，根本不了解這方面的事情。她一旦開始罵人就不會輕易停止，好像非得要把別人的自尊都踐踏成碎片才滿足似的，我已經不記得有多少次被她罵得想自殺了。你知道嗎？原來人的淚水也是有限的，一旦把內在的淚水哭光後就不會再流淚了。雖然依然會感到巨大的悲傷，也會有哭泣的感覺，但就是無法流下眼淚，只會發出乾巴巴、像是老年人才會發出的沙啞抽泣聲。

但我沒有因此而憎恨她。有好幾次罵完我後，她突然跪在地上痛哭起來，抱著我不斷道歉。那些時候，我都會說服自己其實她是愛我的，只不過因為患了病，再說或許我也有做得不好的地方。那時候的我沒有跟男人交往的經驗，無法判斷自己是否如她所說有著一副淫蕩的身體，當然更不可能跟父親說這種事情。因此，我只能把這種想法默默地抑壓在心中，不被其他人發現地生活下去。

母親去世前的幾個月，我們都被極端緊繃的精神狀態折磨得非常痛苦。除了要忍受母親的狀況外，因為鄉下人少的關係，我和父親還要忍受來自他人既憐憫又驚慌的目光。雖然這麼說不太好，但母親的死或許對所有人來說都是一種解脫。那段時間除了父親以外，帶給我力量支撐下去的就只有那個叫沙織的女孩了。

沙織是個很特別的孩子。一般的鄉下人對於從鄉外來的人不免會抱著警戒心，好像我們正在覬覦他們的東西似的。可是沙織恰好相反，她似乎相當憧憬城市的生活，經常要我跟她分享城市內的故事。我非常疼愛她，除了因為沒有可以稱得上朋友的人外，還有種突然多了一個妹妹的感覺。

母親還在生的時候，我從來沒有邀請過她來家中。現在想起來，或許是我在無意識間怕她發現母親的事後會疏遠我吧。但其實她不可能不知道，身處鄉下沒有什麼私隱可言，恐怕沙織也只是顧慮到我的感受才沒有提起這件事吧。無論如何，在母親去世後我開始會邀請沙織來家玩，她因此高興得不得了。我的家在鄉下來說很大，甚至比起當初住在東京時的房子更大，因此即使母親死後我也不是特別想回到城市。

父親透過以前在銀行工作時的經驗和人脈，得到了一份在經濟雜誌撰寫專欄的工作並藉此維生。雖然收入跟以往完全沒法相比，但若是在鄉下生活的話也綽綽有餘了。自從母親死後，父親看起來更萎靡不振了。雖然沙織在的時候他會故意裝作很正常，但當剩下我們兩人獨處，他就會進入一種詭異的靜默狀態，宛如一個栩栩如生的蠟像般動也不動，那種靜默就像黑洞般能夠把周遭的人都吞噬掉。

大概是在我升上高中二年級的時候吧，當時父親的頭髮和鬍子已半白，就連瞳孔的顏色也變得混濁不堪。他彷佛只是個披著人皮外囊的不明物，只要輕輕晃動，沉甸甸的固體就會瞬間從上而下崩塌似的。也是從那個時候，我開始察覺到他的異樣。

因為進入了青春期，我的身體開始發育並展現出女性的線條。使我注意到這一點的，是因為其他男性經常有意無意地故作親近——男同學會不自然地盯著我看，有些成年男人從我身邊經過的時候，甚至會露骨地從上到下掃視一遍我的身體，連沙織也會惡作劇似地捏我的胸部。我想起了母親罵我的說話，難道我的身體真的很淫蕩嗎？事實上，當時的我雖然已經有了一定程度的性知識，亦感到好奇，可是根本沒有能夠討論的朋友，更遑論能夠作為對象的男性。或許是因為大家都早已認識的關係，我對年齡相近的男生沒有興趣，還會因為他們突然變得殷勤的態度而感到反感。

從那個時候開始，我有了自慰的習慣。觸摸自己的身體時，我產生了一種從未體驗過的舒暢感，彷彿體內的煩惱都一掃而空似的。雖然我沒有宗教信仰，自慰的時候卻會有一種天使在耳邊呢喃的錯覺，整個人被飄飄然的感覺溫柔地包覆著。不管是剛起床或洗澡，只要獨自一人時我都會把握短暫的時光探索自己的身體，那是專屬於我的私人空間。

自從開始自慰後，我對來自他人的視線變得更敏感了，尤其是男性的。不知為何，總覺得他們好像隱約察覺到了我的改變，那種視線並不是凝視著我的外在，而是更深一層，像是內在的自我被一覽無遺的不適感。但我並沒有因此而停止自慰，有時更會因為想像著那些視線而變得更興奮，恐怕我的內在就如母親所說的是個淫蕩得無藥可救的女人吧。

最讓我驚訝的，是連父親看待我的眼神都不同了。雖然他仍舊是行屍走肉的狀態，可是有好幾次二人獨處的時候，我都能感覺到他用異樣的視線偷看我，我甚至曾懷疑自慰的事情被他發現了。從父親處感受到的視線，宛如一隻把慾望具體化後的巨獸，正窺探著時機突破拘束著自己的事物，跨進不可逾越的區域。

父親對我的不自然肢體接觸變多了，經常會在奇怪的時間點藉故攬緊我的腰部，或是把嘴靠近我的耳邊說話，這一切都讓我感到很不舒服。我有時候會幫他買菸，因為是鄉下地方，只要告訴雜貨店老闆是替家人買的就沒問題。有一次，父親接過菸後突然抓著我的手，眼神變得很奇怪地注視著並撫摸起來。他就像正身陷巨大的幻覺般，把我當成了母親或是別的女人。不，他甚至沒有望向我，彷彿那只手對他而言有某種特殊意義。

後來當他問我要不要一起洗澡時，我就意識到他的精神狀況已經變得不正常了。我不知道該如何是好，也無法為他做到任何事情。直視那雙深邃又渙散的瞳孔時，自從母親去世以後我久違地哭了出來。並非力歇聲嘶的嚎哭，只是盯著他的臉無聲地落淚。明明不到一分鐘，感覺卻像過了幾個小時似的。然後，父親也突然開始流淚。他的膝蓋軟弱無力地撞到地上，枯瘦的身軀蜷縮起來像是某種怪異的昆蟲，掩著臉抽泣起來。我想說點什麼，可是想說的話都卡在喉嚨無法吐出來。他用沙啞的聲音請求我讓他獨自靜一下，我不忍目睹那副年老衰弱的姿態，滿臉眼淚地留下他一人。

那次之後，雖然父親再沒有做出奇怪的行為，可是我們之間出現了一道突兀的隔閡。他經常表現得心不在焉，即使跟他說話也總是相隔幾秒才有反應，就像無時無刻都在拚命抑壓住體內蠢蠢欲動的不明物似的。家裡本來就抑郁的氣氛變得更加沉重，被逼得抖不過氣的我也更常邀請沙織來家，除了確實需要有人陪伴外，或許也有種避開父親的意味。

高三的時候，我產生了畢業後獨自搬出去邊打工邊讀大學的想法。我平日就有儲蓄的習慣，因此只要找到兼職的話大學的學費和住宿費應該不成問題。唯一擔心的，是不知道該怎樣跟父親和沙織開口，我怕他們覺得我故意拋棄他們，於是打算尋找適當的時機再說。

可是就在快要畢業之前，一切都崩塌了。

人類擁有延緩危機意識的傾向，我應該早就要察覺到的。我的成績一直都不錯，入讀大學並不成問題，但就是不知道該如何開口。儘管依舊憔悴，父親的精神狀況也似乎逐漸好轉。或許再給他多一點時間，他就能擺脫過去的陰霾吧，我抱著這個想法，把這件事一拖再拖。

我決定先告訴沙織。要是沙織的話，應該比較能理解我的心情吧。可是，那一天把她帶到房間之後，我偏偏緊張得連一句話也說不出。我不斷說著無關痛癢的事，不自然得就連她也察覺到了我的不妥。

「妳是不是有話想對我說？」

也許她早就有預感我會離開，只是顧慮到我的心情才不說穿——她就是個這麼溫柔的孩子。正當鼓起勇氣打算一口氣說出時，剛巧傳來父親拜托我去買菸的聲音，不知道該說是剛好還是失落，總之我又有藉口拖延了。我囑咐沙織在房間等我，獨自前往雜貨店。

前往雜貨店的路變得很長，平常只消十分鐘的路彷彿無限地伸延下去般，不管怎麼走都看不到終點。腳步變得很沉重，胸口也有股莫名的壓迫感，短暫的路程中有好幾次抖不過氣而必須停下來。後來我已經忘了自己是怎麼走到雜貨店，又是如何回到家了，宛如大腦自己決定把這個片段消去似的。唯一能夠回想起的，只有打開家門後讓人不寒而慄的寂靜。

你相信時間有形態嗎？我認為時間是液態的，也有著濃淡的分別。當經歷生命中難以忘懷的事件時，時間會被壓縮到極端濃郁，人的意識會被強制激發起來，所有感官都變得活躍，為了精準地把一切體驗到的事情刻印在記憶中，轉化成當事人自此以後無數次重現的夢魘。

我衝去自己的房間打開門，映入眼簾的是一頭獸。

那道乾巴巴的肉體赫然變得異常駭人，褻瀆的下半身正在進行著從未見過的污穢擺動。與之形成強烈對比的，是被那具身影壓在下面猶如失去靈魂、面頰滿是乾涸淚痕的少女。那個被我稱為「父親」的人形物聽見開門的聲音時，一臉茫然地把頭轉過來看著我，可是並沒有停止下半身的動作。他的眼神中滿是疑惑，彷彿無法理解發生在眼前的事似的。

動也不動的沙織用眼角的餘光描向我，嘴巴微微張開似乎想說些什麼，但她顯然已經接近失神狀態了，我從未見過那麼空洞的眼神。要是當時有其他人在場的話，一定會覺得那副光景詭異得無法形容。手上仍然拿著菸的我就這麼呆站在原地，跟下半身持續郁動著的父親四目相望，甚至好像能看見一團一團宛如邪靈的霧狀物正纏繞著他，彷彿它們在父親的體內築巢已久，總算找到機會傾瀉而出一樣。

「……你在做什麼？」

不知道隔了多久，我用盡全力才能從牙縫間擠出這句話。

「……妳怎麼回來了？」就像聽不到我的問題似地，父親莫名地反問我。

「我問你在做什麼！」

「這是什麼意思……？」

他放開了壓住沙織的雙手，站起身把褪掉一半的褲子抽起來露出乏味的表情，彷彿在怪責我不識趣地打斷了他的雅興似的。抓住自己的那道蠻不講理的力量消失後，沙織突然回過神來般，怯生生地把內褲穿回，全身不住地顫抖。她的瞳孔渙散一片，一拐一拐地從我身邊走過，像是連站著的我也看不見似地急步離開。我想叫住她，可是巨大的震驚使我無法發出聲音，就這樣任由她離開。

「……難道這不是妳想我做的嗎？」父親突然開口。

「你到底在說什麼……？」

我不認得那個男人，他不是我的父親。即使外在看起來一樣，可是關在裡面的是別的東西。那種摻雜著極端不祥的眼神，無法想像是人類能夠抱持的。

「難道不是妳故意留下她給我的嗎……？妳明知道我的慾望，可是因為我們的血緣關係而無法滿足我，於是才把那個女孩作為送給我的禮物不是嗎……？我早就察覺到了……這陣子妳經常把她帶到家裡來，不就是在等待時機嗎？要不然，為什麼我叫妳買菸的時候，妳會留下她跟我獨處，而且還故意這麼久才回來……？難道這不就是我們的默契嗎？我當然明白……畢竟我是妳的父親。我本來還在想妳是不是打算靜靜偷看……妳就老實承認吧！承認妳無意識中已經想過這種可能性，承認妳根本就想看到這個場面，承認妳的內在有著如此病態的想法吧！」

他發出刺耳的笑聲。那道笑聲穿透進我的身體，在裡面殘留了永遠無法磨滅的烙痕。

「……你完全瘋了。」

好不容易吐出這句話後，我跑離了這個已經瓦解的家，可是那道笑聲卻一直跟在我的背後。

把警察帶到家裡的時候，父親仍然在我的房間中央坐著，彷彿一路在等待我們。地板上滿是菸蒂，隱約還能看到一點點的血跡和液體。這時候的他看起來很平靜，臉上甚至掛著一絲祥和，他已經成為了化物。

「……是這麼回事啊。」

他淡淡地說道，無視為他扣上手銬的警察，目不轉睛地盯著我。

「……你要為自己所做的事付出代價。」我對他說。

「是這樣嗎？難道妳認為自己能置身事外嗎？說實話，我的人生在很早以前已經結束了……這樣子根本無法為我帶來任何改變。不管是在這兒還是牢獄中，對我而言都是一樣的……這個世界本來就是一個無比巨大的地獄，只不過是妳還沒察覺到而已。不過，妳選擇了把我交給警察令我的人生再次有了新的意義。」

「……意義？」

「我會詛咒妳，而且是妳一輩子也無法擺脫的詛咒。」

「那是什麼意思？」

「貨真價實的詛咒。作為妳現在安然自由地生活下去的代價，妳的命運受到規限了。將來妳得到人生中最大的幸福的時候，我會把妳殺掉。明白嗎？假設妳遇上生命中真正重要的人，並且跟他結為連理、感受到至高無上的幸福……那個時候我就會把你殺掉，當然也包括那個對象。又或者，當妳在工作上達到前所未有的成就時……到時候我也會把妳殺掉，連同在工作上一直協助妳的人也一併殺掉。換言之，儘管能繼續生活下去，可是妳的人生已經無法達成任何事情，也無法得到幸福了……就是這樣。你以為監獄能夠困住我嗎？不論何時何地都好，這個詛咒也會持續依附在妳的身上，直至我把妳殺掉為止！」

那道刺耳的笑聲再次響徹整個房間，就連身旁的警察也不禁被父親的氣場壓倒，露出膽怯的神情。

15

西野說完後，我感到一陣莫名的暈眩。為了紓解賓館房間內使人喘不過氣的重壓感，我點起了一根菸，思考著她說的事。恐怕以她父親當時的精神狀態，已經無法稱之為「人」了。他簡直就像是最大限度地除去了作為人的要素而存在著的化物。我突然想起了初川前輩曾說過的，那些站在地下世界中最高處、被整個世界稱為怪物的人。

「後來妳怎麼了？」

西野美麗的輪廓上呈現泥土般的顏色，彷彿正在重新體驗過往的苦澀。

「……那次是我最後一次見到父親。他被逮捕的時候已經是晚上了，之後我馬上開始收拾必要的東西，還把家中所有的現金都拿走，翌日一早就坐上第一班往城市的公車離開了。彷彿早就料到我會這麼做似的，父親房間的櫃子內放了一筆金額頗大的現金……那筆錢足夠我好幾個月的生活費了。

我沒有再見過沙織，也不知道她後來怎麼了。在我的記憶中，她最後的畫面就是從我身邊走過時，臉上那副慘白的表情……我一輩子都忘不了。我就這麼逃走了，簡直是最差勁的人類對吧？明明還有很多應該要面對的事情……我卻一聲不響地拋下所有，以抹平過往所有痕跡的身分生活過來。跟沙織的快樂回憶，現在也無法再想起來了。不，到底是『無法』抑或是『不願意』，就連自己也搞不清楚……

以為已捨棄掉一切的我，即使回到城市也完全無法適應。我就像被這個世界吐出來的水果種籽一樣，對任何人來說都沒有價值可言。身上帶著的錢，是唯一能夠讓我避免陷入精神錯亂的原因。我住進了一個便宜又寒酸的單人套房……每天除了吃飯睡覺上廁所，什麼都沒有做，就這麼過了兩個月。

我沒有再思考讀大學的事情。像我這樣子的人，根本沒有資格享受跟普通人一樣的生活。要是我還能恬不知恥地報讀大學、普通地坐在大學的課室內聽課、普通地跟大學內的男生談戀愛，沙織是絕對不會原諒我的。為什麼妳還能裝作沒事地如常生活？腦內經常會出現她這樣子質問我的畫面，接下來浮現出來的就是那副慘白的表情。

後來為了生活費我也開始找工作，畢竟總不可能一直靠那筆錢過活。由於沒有大學學歷，我也只能找餐廳服務員、便利店店員之類每個人都能做的工作。那段時間雖然我沒有提起過自己的過去，卻還是受到了不少溫柔的人的幫助，也開始有了跟男性交往的經驗……可是，父親的詛咒一直糾纏著我。

跟沙織不同，我不常想起父親。可是，就在我開始跟男性交往並從中獲得快樂時，父親的詛咒就開始如冤魂般對我糾纏不休。一旦喚起了那時候的記憶，感受到的快樂就會頓時煙消雲散，宛如黑白棋般瞬間把所有情感都轉換過來了。他人對我越是溫柔，我就越是憂心忡忡，深怕父親不知何時會突然出現並殺掉我們。

你明白嗎？不是每一個人都能幸福地生活著的……不，應該說能夠幸福地生活的人才是少數派。從我離開家去幫父親買菸的那一剎那開始，我也從幸福的可能性離開了……。」

因為受到父親的詛咒，所以她才會抱持著自己無法得到幸福的信念嗎？深信著這一點的西野，即使是跟真田那樣對她非常溫柔的男人交往，也會在開始感到幸福的時候選擇斷然離開……不，正因為從真田身上感受到幸福她才更害怕，為了避免自己連累對方才做出無可奈何的決定。

「可是，妳知道父親的現況嗎？雖然那個……嗯……詛咒，聽起來確實很可怕，但再怎麼說我也無法想像一個人會這麼多年來跟蹤另一個人，只為了等待對方獲得幸福並殺掉他。再說，或許事實上他仍在坐牢也說不定吧？」

「的確……但我就是無法擺脫這個詛咒。與其說是在害怕不知什麼時候會殺掉自己的父親，倒不如說這個詛咒是對我拋棄沙織的懲罰……而且是必須持續一輩子的懲罰。不管是父親還是沙織，我都不知道他們之後的經歷。即使如此，我也無法掙脫那道詛咒，說到底或許只不過是自己希望相信這種事，藉此來減輕背負著的罪惡感也說不定。」

「但是，要是遇上喜歡的人並開始交往的話，會變得幸福不是必然的事嗎？難道妳打算不斷跟他人結合又分開，一輩子待在這個輪迴內嗎？」

「記得我跟你說過的，關於幸福和快樂之間的差別嗎？我認為短暫性的快樂是被允許的，像是剛開始交往時、或者是做愛時獲得至高的快感這種程度也是在容許範圍之內。換言之，只要我不會達到『幸福』的境界就可以了……所謂幸福，是一種自己能夠意識到對於生活滿意的狀態，反過來說只要我不認為對方在生活中變得重要，那就不會為自己跟對方帶來厄運不是嗎？雖然或許對其他人來說很不公平，尤其是像真田先生那樣願意溫柔接納我的人，可是這是我僅有的路，是由於拋棄重要的朋友而受到詛咒的我，僅能瑟縮在被世界冷落的一角中所偷偷享受的一點點快樂。

對於我這種人來說，或許無可救藥地愛上某個人渣才是最適合我的下場吧。比如說，會對女人動手、或是沉迷在賭博中不能自拔的男人……要是愛上這種人的話，或許我就能解脫了。既能好好地愛著另一個人，而且永遠無法獲得幸福……」

我想起染上賭博惡習的小光父親。千佳不惜一切地離開他的男人，竟然會是像西野這樣的女性認為最適合自己的對象，簡直就是一種惡趣味的荒謬。

「妳從來沒有遇見過能改變妳的男人嗎？比如說願意因為他而嘗試冒險感受幸福的男人？」

西野緘口不語，似乎在回朔自己的過去。

「這麼說的話，曾經有一個人比較接近……那個男人名叫黑木。」

心臟的跳動突然加速了，沒想到會在這種情況下聽到黑木的名字。西野沒有察覺到我的反應，緩緩地道出她跟黑木的過去。

「有一段時間，我曾經在陪酒俱樂部打工……我就是在那個時候認識黑木的。雖說是陪酒俱樂部，但也不一定要跟客人上床，那所俱樂部允許我們自己選擇，因此我才願意在那兒工作。黑木是我最初的幾個客人之一，後來我才知道原來他就是那所俱樂部的老闆……他只跟我說過自已經營著幾家體育用品店。

他是個很認真，不管對任何事情也不會馬虎了事的男人。初次見到他的時候，他身上散發的壓迫感讓我覺得難以接近。但深入了解過他後，又覺得不過是他為了保持威嚴而故意塑造出來的形象而已，實際上他的內在非常溫柔細心。被指名了幾次後，他才向我坦白自己是俱樂部的老闆，裝成客人去了解新人是他的習慣。雖然聽到的時候很驚訝，可是以他的性格來說也不奇怪，反而讓我對他的好感增加了。雖然沒有明說過，但他大概是某種不法組織的幹部……在這種行業能做出成果的人，不多不少也需要有一定的人脈。

他曾經問過我為什麼要在俱樂部工作。當時只是覺得，連大學也沒上過的自己所擁有的選擇實在不多，而且我也不討厭喝酒。當這樣子告訴他時，他對我沒有讀過大學這件事感到很驚訝，說我身上的氣質像是接受過良好教育的類型。雖然有種受寵若驚的感覺，但不得不承認我真的很高興。

雖然沒有上過大學，但工作以外的時間，我大多都躲在家中看書。或許是因為對於和別人變得親密感到恐懼，看書的時候使我感到難得的安心，尤其是文學小說及哲學類型的書，總覺得無法獲得幸福的我，也能從書中的世界尋找到精神上的慰藉。出乎意料的是，我跟黑木在這一方面竟然非常聊得來。

就像理所當然地，我們很快就開始交往了。對於這樣子的我來說，他簡直是不可能再要求更多的男人了。他對我非常細心，還要我辭了俱樂部的工作，說自己賺的錢就足夠照顧我。不過我也不希望這樣受人恩惠，因此他才介紹了我到現在的借貸公司工作。跟他交往的時候我真的感到非常快樂，甚至覺得這樣子的自己配不上他……雖然無法肯定，可是即使他有別的女人，恐怕我也會甘願跟他一直交往下去……不，或許他有別的女人，我反而更能安心和他交往吧。

我沒有向他提過自己的過去。或許他也察覺到了這一點，因此從來沒有問起過，還會經常在說話中摻雜著『只要現在感到快樂就足夠了』之類的說話……說實話我很感激他，不管從哪方面來說都是。可是也因為這個緣故，當我意識到自己正身處在幸福之中的時候，帶來的痛苦反饋也是前所未有的……當對他說出自己無法再繼續這樣子下去的時候，我歇斯底里地哭的模樣就像以前的母親一樣。那時候，一向充滿男子氣概的他也不禁流下眼淚……我們就像兩個一起走到世界盡頭的人，一起為目睹到的荒涼而哭似的。」

我隱約聽到西野發出抽泣的聲音，故意不望向她的方向，點起一根菸。

「即使是黑木，也無法令妳擺脫那道詛咒嗎？」

明明沒有看著她，我卻感覺到她很用力地在搖頭。

「不只是父親的詛咒，我也一直無法掙脫在沙織身上發生的事情……總覺得要是哪一天我跨過了這件事，我也就喪失了身為人的資格，變成跟父親一樣的化物。幸運的是，黑木並沒有強逼我做任何事情，也答應了我不再交往的無理要求。

我跟他還是會偶爾見面，他甚至會定期匯款到我的帳戶……儘管我從來沒有動過那些錢，也不斷要求他不要再這麼做，他都只是用『反正我錢多，妳不想用的話就留著吧』的理由來打發我，於是後來我就放棄了……雖然偶爾會使用他給我的信用卡，但還是覺得有點不好意思。

恐怕他認為這是一種跟我保持聯繫的方式吧。這樣子的我，實在是無法回報黑木為我做的一切。現在的我越是活著，只會越是增添身邊的人的不幸。即使如此，我還是在拚命地努力生活著，試圖抓住哪怕一絲的可能性……也因為這樣，當收到東條先生的電話時，我才會願意到你的公司和成為會員。」

西野的聲調展現出一種堅強，一種對這個無理的世界作出抵抗的堅強。或許是進入公司以來的第一次，我打從心中產生了希望自己能夠幫助這個人的想法。不只是因為跟她上過床，還因為想幫助她對抗這個齷齪的世界，擺脫不幸的命運。我擁抱了西野，不是帶著性慾的形式，而是作為人類給予他人支持的擁抱。

「話說回來，妳應該沒有把我當成交往對象吧？」

我半開玩笑地問道，西野露出了一道意味深長的微笑。

「難道我們不是正在交往中嗎？」

「咦？」

「開玩笑而已。我不致於那麼天真，也看得出東條先生對我並沒有意思。不知為何，但我在你身上就是感受不到那樣子的感情……就像是我們的關係到這兒就是頂點，無法再向上發展似的……不過對我來說卻是剛剛好的程度呢。東條先生也是這麼想的吧？雖然這麼說並不太好，但東條先生似乎無法令我幸福呢。」

她笑了。我也笑了，雖然只是一瞬間的感覺，我卻愛上了她的這份魅力。

這一晚我們沒有過夜，趕在末班電車開出前就離開了賓館。回家的路途上，我一直在思考西野說的事情。要是沒有那道詛咒的話，她能夠找到屬於自己的幸福嗎？雖然表面上她是在父親的詛咒下苟活著，但實際上在根基深處束縛著她的，並非是那道詛咒而是罪疚感。如果她無法掙脫這道枷鎖，這一輩子都無法得到真正的幸福了。

雖然很同情她，我卻無法切身想像糾纏著她的痛苦。除了因為她的父親超出了理解範圍外，也因為我從未有過如此巨大的罪疚感。或許就如初川前輩所說的，我並沒有這樣子的感情。到家之前，我持續思考著這個問題。

人無法理解超出自己的經驗的感情，這是我一直以來的想法。即使從電視或網絡上看見未開發國家的沉重畫面，身處發達國家的我們頂多只能給予同情，無法切身理解畫面內的人所經歷的心情。我們只能從自己的記憶中尋找類似的感情，再投射在對方身上以嘗試理解他們的感受。可是實際上，以這種方式產生出來的感情有可能跟當事人所體驗到的大相逕庭。

打開家門的時候，一陣大麻的味道迎面撲來。我不自禁地打冷顫，正當感到奇怪的時候，我發現有一個不認識的男人坐在我的床上。

16

一股強烈的暈眩感充斥頭部，無法分辨是因為大麻的味道還是眼前超出理解的狀況。

「……你總算回來了。」

男人慵懶地坐在床上說道。他看起來大約四十歲上下，嘴唇上留了醒目的八字鬍，眼神冰冷得駭人。

「沒辦法……你回來得太晚，我只好抽著大麻等你。還有，我也吃了幾片你放在抽屜的迷幻劑……可是效果實在是太差了，該不會是劣質貨吧？」

男人抿起嘴，好像很不滿意似的。這是怎麼回事？這個男人擅自闖進我的家，拿了我的大麻和迷幻劑，然後還在埋怨？房間的氣氛變得非常詭異，一股重壓圍繞在我的四周，每一口呼吸都變得很吃力。背脊一陣發涼，好像全身的細胞都在試圖逃向身後的大門似的，但是雙腳彷彿裝了鉛塊般無法移動分毫，甚至連顫抖的本能也忘記了。

「……你是誰？」我好不容易擠出了這句話。

「你不應該問我是誰……應該問『我對你而言是什麼』才對。知道我是誰並沒有意義，實際上你想知道的，是我為什麼會出現在這兒，又會對你做什麼事情，不是嗎？」

男人的聲線跟他的眼神一樣冰冷。不知道是迷幻劑的效果還是他本來就是這樣，他的視線像是在看著別的地方，某個不存在在這個空間的地方。

「……算了。反正不告訴你的話，我們接下來也無法好好地談話對吧？也罷……我的名字是神代晃一，這下子你應該明白了吧？」

神代晃一。這個名字即使想忘也忘不了，那是初川前輩給我的美國運通黑卡的持有人名字。為什麼他會出現在我的房間？他在這裡的話，也就表示他已經發現我做的事情了吧？他打算對我做什麼？一大堆疑問突然浮現出來，負荷超載的腦袋顯然無法同時處理全部問題，唯獨逃走的本能依然不間歇地呼叫著我。

「……先過來坐下吧。」

他的說話有一種莫名的威懾感，使人不禁服從。距離身後的大門約有三步的距離，要是大步快跑的話或許兩步就能打開門逃出去，可是不知為何身體自然地走進房間內，理所當然似地坐到了地板上，像在懺悔般抬頭望著這個男人。

「……十一萬三千六百二十五美元。」

「什麼？」

「是你這一年從我的卡內盜走的金額，總共十一萬三千六百二十五美元……不過實際到你手的有多少就不知道了。」

果然被發現了。我感覺有種黏稠的東西卡在喉嚨裡，明知道不可能有合理解釋，但我還是想說些什麼話。有種不祥的預感，總覺得要是不把對話延續下去就會發生可怕的事。

「……什麼時候發現的？」

「從一開始就知道了。當時我還納悶，到底是什麼人會盯上我的卡。」

他說到「我的卡」時，故意放慢了語調，好像要特地強調那張卡的危險性似的。

「不過你倒是幹得挺不錯的。每個月也不會盜用超過一萬美元……是小心至上主義嗎？用在網上賭場也是不錯的想法……換了其他人的話恐怕根本不會注意到吧？因為這一點，我才覺得你很有意思。之前我就派手下接近過你，雖然只是心血來潮的決定，可是不管是你的特質還是你的公司都相當有趣呢。」

我的特質。聽到這句說話時，我想起了之前在公司見過的那個像是牛郎的男人。不管是他還是眼前自稱是神代晃一的男人，身上都散發著危險的氣息。比起那個男人，神代又多了一份難以捉摸的氣質。

「你打算對我怎樣？」

我被房間內的緊張感壓得喘不過氣，直接把腦中的想法說出來，已經無法猜度他的想法了。神代不發一言地直盯著我的眼睛，彷彿有一雙無形的手正在抓著我的臉龐，強逼我直視那雙冰冷的眼睛。

「我想聽聽你的想法。你認為我會對你做什麼呢？」

「我願意賠償你的一切損失……不，即使要我付雙倍也可以。」

聽到我的回答後，神代像是洩氣的氣球般深深地嘆了一口氣。菸灰缸上仍放著他剛才未抽完的大麻，我有一種想拿起來點燃的衝動。

「不對，這樣子就太無趣了……你不該是這樣無趣的人吧？那筆錢對我而言只是零錢，即使掉在地上我也懶得撿起來……你可以當作是給你的獎勵，作為你有這份勇氣的獎勵。總而言之，我不想要這麼無趣的結果，我要的是能夠取悅我嗡嗡作響的中樞神經、從未品嚐過的刺激感……明白嗎？」

他到底在說什麼？他就像個嗑藥嗑大了卻還想要繼續，好像非得把大腦弄得亂七八糟不可的人似的。

「不，我不明白。要是你不想要錢的話，我甚至連為什麼你會在這兒也搞不清楚了。除了錢，我沒有什麼能給你的。」

明明房間內一點也不熱，我卻不斷在出汗，甚至連衣服的背面都濕透了。神谷冷笑了一下，彷彿在嘲諷我的膽怯。

「……說得也是。或許對你來說根本無法理解吧，說到底我會出現在這也只不過是心血來潮而已……更準確一點來說，是因為機率。就像某一天突然想起自己一直以來助養的非洲兒童，然後馬上訂機票飛去當地探望對方一樣。在今晚之前，你就跟不存在是沒有分別的，只有在我親眼見到你、跟你聊天並聽你說話，你才變成了一個實際的存在……在這之前，你只不過是在無限大的機率中的一員。而就在今天，機率讓我來到這兒。」

我不禁皺起眉頭。他到底在說什麼？單純因為心血來潮而突然走到我的家，來跟這個一直以來盜用他信用卡的人見面嗎？開玩笑也有個限度吧？他抬起頭凝視著天花，我跟隨他的視線望上去，可是只看到窗外的樹反射出來的陰影。

「……我是個軍火商人。」他突然再次開口。

「你應該嘗試過調查我的背景吧？不過大概什麼也查不到……即使是最優秀的調查員，要查到我的事情也是極為困難的。畢竟我在這個世界上就跟不存在一樣……說到底，你如何能夠判斷我真的是神代晃一呢？那只不過是我的片面之詞，你除了知道我是個男人，大約四十歲左右以外什麼都無從得知……要是我是在冒用神代晃一的身分呢？又或者，神代晃一只不過是我其中一個假的身分呢？再不然，即使真的有神代晃一這個人，但我只是他派過來的手下也是有可能的吧？換言之，除了自己做的事情已經暴露了以外，你什麼都無法確認……相反，我對你卻是瞭如指掌。

恐怕你現在滿腦子都是無法解答的問題吧？不只如此，你仍未放棄逃跑的可能性……人類就是這樣，即使面臨有可能失去性命的巨大危機，內心仍會為該做出什麼選擇而猶豫。不過這也不能怪你……即使是戰場上的士兵，也會面臨這樣子的難題。由於工作的關係，我很了解人類的戰爭……畢竟當我把武器賣給了任何一個人或國家後，唯一要考慮的事情就是怎樣把武器也賣給他的對手。

告訴你一件有趣的事情吧。在第一次世界大戰的時候，美國的士兵當中只有百分之十到十五的開槍率。換言之，一百人之中只有十到十五個人曾經開過槍……要是把射中敵方的機率也計算在內的話，數字更是少得可憐。大部分的士兵，即使在近得不可能射失的距離跟敵方交戰也會故意射偏……你不認為這是個很奇怪的現象嗎？明明他們是受過訓練，理應為了國家而作為殺人兵器存在的人……但事實就是如此。據那些曾經親歷過戰場的人說，有時遇見敵軍的時候，只要雙方的長官不在身旁，他們什麼也不做就離開、甚至一起抽菸的例子也是很常見的。

該說是天性嗎？即使人類是同類相殘率遠遠超越其他物種的動物，但能夠真正下手殺人的人其實並不多。近代因為訓練方式的改變，加上帶有暴力性意味的媒體喧染、電子遊戲流行等等的因素，戰場上的開槍率已經大幅提升，可是死亡的數字依然不理想——至少對於參與戰爭的國家來說。之所以說起這個，是因為對於生物來說，死亡是能夠給予最大刺激的來源。除了支票會彈票的人以外，基本上我不介意把武器賣給任何人……即使是小孩也好。當然，我也會考慮到維持秩序的平衡……因此我的主要客源通常是落後國家的武裝分子，或是獨裁國家的軍隊等等。當長年生活在最接近死亡的環境當中，不知不覺也變得麻木了。不論是目睹殺人，或是親手殺人都好，我都已經不再感受到強烈的衝擊了……這就是出現在我身上的後遺症。」

他突然從大衣的口袋內拿出一種黑色的物體放在身旁。窗外微弱的光照射著那道不祥的黑，金屬製的黑色外殼看起來正閃閃發光，宣示著自身強大的存在感，那是一把手槍。後背的汗瞬間變得異常冰冷，頭部有種天旋地轉的感覺，膀胱似乎快要忍不住釋放出污穢的液體。

「……要殺你很容易，可是這樣子很沒趣，我也沒有必要特地來這兒。或許你不相信，但其實我殺過的人並不多，迄今為止還不到十個。怎麼說呢……我沒有特別沉迷在那種感覺內，所以我不殺沒必要殺的人。當然要是從因果來看我的殺人數字的話，那就另當別論了。

把我的信用卡資料給你的那傢伙……叫什麼來著？我不太記著死去的人的名字……他本來是我的手下，不過也只是下層組織內的一個小混混而已。有時候我心血來潮的時候，會把卡交給手下的人讓他們替我買東西……恐怕他就是在那時候記下卡上的資料吧。這一點也是我們後來調查你身邊的人時才發現的……」

他說的人是初川前輩。一陣騷麻感從腦海爆發四散，我無意識地緊握拳頭，指甲用力得幾乎刺穿皮膚流出血來。他殺了初川前輩嗎？雖然早就想過他已經不再活著的可能性，實際得知時仍是按捺不住內心的悸動。腎上腺素一下子飆升上來，彌漫在房間內的重壓似乎一瞬間全消散掉了，目光的餘角瞄向那把黑色的手槍上，一種危險的念頭正慢慢在腦中蘊藉著。

「你殺了初川前輩嗎？」

就像為了要確認這一點好讓自己維持著怒火，我用沙啞的聲線問神代。

「不，當然不會是我，這種事情我都交給手下的人去做……言歸正傳吧，難得我親自前來跟你見面，我是希望你能給予我一點樂趣的。」

我仍未從初川前輩的死訊中回過神來，腦子在意的只有神代身旁的手槍。雖然想一把奪過來，但是沒有槍械知識的我能夠運用自如嗎？我知道的事情，就只有必須先拉保險掣才能擊發。可是保險掣真的像電影中那樣向後拉就可以了嗎？會因為型號不同而有不同的方法嗎？再說，我無法確定裡面真的有子彈，說不定他已經預先把子彈拿出來了，把手槍放在旁邊只是為了嚇唬我而已……在無法確保事情如我所想之前，我只有暫且按兵不動的選項。

「……你相信神嗎？」

神代這樣說的時候，我不禁皺起眉頭。先是關於戰爭的事情，現在竟然扯到宗教？總覺得開始無法跟上他的思維。

「……我沒有想過這種事情。硬要在『相信或不相信』做選擇的話，我應該是傾向『不相信』吧。」

「這樣啊……我倒是相信的。不過與其說相信有神的存在，說是『我希望有神存在』或許會更貼切。並非是被現代宗教人格化的神，那些都是無稽的、跟童話故事無異的東西而已……我一直尋找的，是一種至高無上、光是感受到其存在就自動臣服的力量。我希望相信人類之所以活在這個世界上是有某種意義的，而不僅僅只是作為一堆聚合又分離的基本粒子而已……

就像剛才說的，這麼多年來，我對理應能給予感官最大衝擊的『死亡』已經麻木了。我見識過在非洲正在內戰的小國內排成一列等待行刑的青少年，他們被敵軍俘虜後就被蒙上眼睛靠著牆，等待負責處決的人用類似長刺刀的古老武器插入他們的身體。那些青少年恐懼得連排泄物都瀉了滿地……但是他們懼怕的不是死亡本身。他們會哭著求處刑人不要用刺刀殺死自己，請他們改用子彈。難以置信吧？在那種世界，就連只是不想被鐵造的異物刺進身體而死也是奢侈的要求。不幸的是，處刑人只會無表情地拒絕他們，要是想被子彈處決的話就必須自己掏錢買，因為那種小國窮得就連作戰用的子彈也不一定買得起。

我也曾經把武器賣給中東的獨裁者。那對父子坐著吉普車，一邊向天開槍一邊叫嚷著我聽不懂的語言來到。當時執掌政權的人是那個父親，因為他的兒子想要美國電影內出現的機關槍而帶同他一起來跟我交易。檢查過貨物後，他們想用毒品和稀有的礦石來付款，好像是因為當時並沒有足夠的現金……正當我內心流過一絲不悅時，兒子突然朝他父親的頭部連開了數槍……大概是等不及父親衰老致死才把權力交到自己的手吧。雖然他做的這個行為跟我沒有關係，但我只能默不作聲接受那些毒品和礦石……後來為了找轉手的途徑還費了我一番功夫呢。

話題扯得有點遠了。我想說的是，我已經不會再為人類的死亡而感到刺激了。可是，同時也覺得自己離神越來越遠……並不是因為我做的事，而是因為我對所有事情都逐漸變得麻木了。當習慣了一種特定的生活後，要是不尋找新的刺激就會變得無聊。雖然這一點對每個人來說都是一樣的，可是當連發生在眼前的死亡都無法再給予任何刺激的時候，我開始感到害怕了。我就像某種浮游物，僅僅是沒意義地活著，也無法排遣出體內的鬱悶。

為了尋找生命的意義，我接觸了不同的宗教。因為工作的關係，不只是傳統的宗教，就連地方村落的小型宗教我也曾參與過。可是，我一直找不到能夠信服的教義。我感到非常沮喪，幾乎認定了自己是被神拋棄的人，而下場則是終其一生都無法再體驗到活著的感覺，任由體內的細胞自然地替換著，直至死亡。就在差點放棄的時候，我遇上了真正的神。」

神代又從口袋中拿出別的東西，放到我們之間的矮桌上讓我看清楚，那是一顆直徑約有拇指般大的骰子。那並不是普通的骰子，從它滾到我面前的點數寫著「11」看來，恐怕它比普通的骰子多出許多面。

「這是什麼？」

「是我特別訂製的二十面骰，我們稱之為『圖騰』。」

神代又再拿起那顆骰子，好像是什麼寶物般放在自己眼前，小心翼翼地在欣賞。

「接下來我說到的那個……團體，它嚴格來說並不算是一個宗教，視乎你怎麼看吧。」

17

現在回想起來，之所以會接觸到那個團體，完全是因為偶然……也可以說，是因為神的旨意。

當時我剛完成一筆生意，正坐在美國加州一家沿海的咖啡店，漫無目的地眺望著海浪的湧上湧落，既重複又無趣的畫面。那個時候，我注意到坐在前面桌子上的男人正在把一顆骰子擲到桌上。只見他擲完骰子一臉茫然，就像對骰子顯示的點數感到很不安似的。

無預警地，他突然站起來大聲咆哮。整家咖啡店內的人都被嚇倒了，紛紛望向他的方向，他卻只是馬上跟大家道歉就坐下來了。他羞愧地掩著頭，好像無法相信自己做出的事情。

接下來發生的事更是讓我感到不可思議。幾分鐘後，他再次擲骰子，又露出同樣的驚訝表情，然後一把把桌子上的咖啡掃到地上。聽到玻璃碎裂的聲音，服務員馬上走過來清掃，並對他露出厭惡的表情。明明是故意這樣做，可是不斷道歉的他看起來就像是被什麼強逼似的，臉上掛著快要哭出來的表情。

服務員把玻璃碎片收拾好後，他趕緊去結帳，付錢的時候就連頭也不敢抬起。在強烈的好奇心驅使下，我也離開了那家咖啡店，跟在那個男人後面。他低著頭走，絲毫沒察覺後面正有人跟著自己，我確定他是獨自一個人行動後走近了他。

「剛才的一切我都看到了呢，那顆骰子是有什麼意思嗎？」

男人被我嚇得抬起頭，支支吾吾了好幾句，不知道要如何向眼前的陌生人解釋。

男人的名字叫荷西，之前是一個高中教師。任教高中多年的他本來有著普通不過的人生，職場上早已駕輕就熟的他穩坐著主任的位置，而且盛傳再過一段時間待校長退休後，他就能升上副校長的位置。日常生活方面，雖然跟結婚多年的妻子膝下無子，可是多年如一日的婚姻生活對他而言已經非常足夠了。他就像隨處可見的，架著眼鏡身材稍胖，即使在快餐店看到也不會留意的無趣中年男人。

使荷西的生活發生劇變的，是妻子某一天突然的自白。妻子對他說希望離婚，態度堅決得非常奇怪。在荷西多番追問之下，妻子才坦承自己在工作上認識了別的男人，而且當時已經交往了好一段時間，只是荷西一直沒有察覺而已。

「那個男人比她年輕十四年，整整十四年！到底她有什麼理據去相信這段感情是真實而不是一時衝動，我完全搞不明白。」他對我說的時候，眼睛依然會滲出一點點淚光。

荷西在離婚後生活遭受到重大的改變。回到家後變得孤零零的他，那時候才察覺到妻子的存在是多麼的重要。他不斷責怪自己，可是事情已經無法回頭了。荷西的自尊無法容許自己人到中年才突然開始酗酒，於是他能做的事情就只有坐在沙發上觀察屋子內的東西，彷彿要彌補自己之前一直忽略的事物似的。

「遙控器，灰色；櫃子，咖啡色；杯子，藍色……」他重複唸出看到的物件和顏色，發現這樣能夠稍稍讓腦袋運作起來，不會只是專注在失去妻子的寂寥中。除了上班的時間外，他持續在生活中做著類似的事情，後來發現自己出現了一種不得不在各種物件上梳理出秩序的想法。

最初的時候，他一旦看見物件上有污濁，導致顏色出現些微的違和就會忍不住去擦，後來則變成一旦顏色不夠均勻，比如說某件物件上的紅色深淺不一，他就會有種渾身不安、像是有蟲子在身上爬的感覺。症狀惡化到最後，荷西只要看見凌亂的圖案就會變得暴跳如雷，甚至連學生寫字歪歪斜斜也會被他破口大罵。

他無法再如常地生活，就連工作也不得不辭職，而且只是因為學校體諒他的病情而讓他以比較體面的方式離開。失去一切的荷西不得不正視自己的病情，轉而向精神科醫生求助。也就是在這個時候，他接觸到了那個團體。

那個團體本來只是一個普通的治療小組，由那個精神科醫生把自己的病人組織起來，讓他們共同嘗試一個新的治療法。小組內有著不同症狀的病人，除了荷西的強逼症外，還有性上癮的女人、暴力傾向的男人和有自殘傾向的青少年等等。

「簡單來說，我們就是一群大腦壞了的人。」

荷西苦笑著對我說明。那個精神醫生深信，所有由於精神障礙而出現的症狀都是有辦法治好的，而且能夠使用同一種方法——就是靠「圖騰」。「圖騰」可以是任何東西，但是大多數人都會選擇骰子。圖騰必須帶有隨機性，而且便於攜帶。所謂隨機性，是指透過圖騰能出現四個或以上的隨機結果。除了骰子以外，也會有人使用陀螺，轉動後以底軸為中心看上方的尖端部分最後指向哪個方向，以鐘錶的時間作為得出的結果，也就是說有機會出現十二種不同的可能性。

使用圖騰前，必須先決定各個結果相應的選擇。舉例來說，要是出現「1」就去睡覺，「2」就去看電視，「3」則是吃飯……如此類推。換言之，就是把人生的選擇完全交給機率決定。當然，要是只有這樣的話就太兒戲了。適應了隨機生活後，每次都必須加入自己不願意的選項。圖騰的結果是絕對的，不能在結果出來後反悔。

荷西說，那個醫生告訴他們這種治療法並非什麼新奇的方法，而是早就有前人提出過並實行，證明過有效後才會組織那個團體。但是相對地，雖然對於患者改善病情有良好的效果，但也有不少人因此導致自己的行為脫序而惹上了不少麻煩，所以如何拿捏好平衡也是相當重要的事情。

為了更好地了解這個團體，我要求荷西把我帶去參加他們的小組。

地點是在某個機構設施的一個房間，平常主要是提供給各種不同的治療小組作聚會之用，像是酗酒人士的互助小組、患有創傷後遺症的人的分享小組等等。據荷西所說，場地是那個精神醫生定期租用來給小組團體使用的，自從團體的方針和核心人物穩定下來後，精神醫生本人就不常出現了，可是團體內的人依然可以自由使用那個房間。見到那個團體的成員時，我無法想像他們是有著不同精神問題的人。每個人的表情看起來都很祥和，就像這不過是個普通的朋友聚會似的。唯一特別的地方，是每個人身上都帶著圖騰。

「那天我第一次拒絕了那個男人的性要求，他的表情實在是太棒了！我從來沒想到原來還可以這樣！」

「我給予自己三分一的機率不對妻子動手，而是反過來向她道歉並給她一個擁抱，結果我真的做了。奇怪的是，雖然當時的氣氛極為怪異，我也有種羞愧得無地自容的感覺，可是一切完結後我竟然感受到一種前所未有的舒暢感。」

「雖然我還不能想出太多選項，通常只是把骰子的一半點數用來選自殘的工具，而另一半則是『不自殘』……當我擲出『不自殘』的結果時，我真的會走去找別的事情做。」

傾聽著每個人的分享，我不禁懷疑當中的真實性，畢竟人類很容易因為自己的狂熱而相信虛構的東西。由於荷西也是剛加入不久，仍在探索的階段，因此他能夠告訴我的事情也不多。輪到他分享的時候，也只是草草把自己在咖啡店的事情重述一遍就完了，似乎他仍然未能完全接受。說完之後，他向眾人介紹了我，儘管有些人一開始表現出狐疑的態度，但還是很快就接納了我。

「醫生曾經說過這個治療法背後的原理。他說『要克服一種情感的意志，最終只能藉著另一種情感或另外若干種情感的意志』，適應了這種生活後，我好像能明白他所說的事情了。」

作為團體核心人物之一、有著暴力傾向的黑人向我說明。我挑起眉毛，露出不以為然的樣子，恐怕他並不了解那句說話的出處。

「顯然你對我們的團體仍然抱著懷疑的態度……這樣吧，你實際試一下不就知道了？」

他給了我一張紙和筆，還把自己的圖騰骰子借給我。

「使用圖騰的時候沒有任何特殊的規定，什麼時候、什麼狀況下使用都可以……硬要說的話，就是使用者必須背負行為的風險。很多人就是因為沉淪在當中的刺激感而導致行為脫序，更嚴重的甚至會使人生變得更加亂七八糟，失去了本來治療的意義。但是在我看來，這本來就是人生必須面對的事情——為自己的行為負責任。比如說，要是你因為圖騰的決定而揍我一拳的話，我準會還手並把你打得滿地找牙……但你並不能怪我這樣做，因為這是你的行為所造成的結果。

我原本是個無法控制情緒的人，稍不如意就會對妻子拳打腳踢。可是現在只會在圖騰的要求下才會對她動手，我變得能控制自己了，不再像以前般隨便使用暴力了。我也有好好跟妻子說明過我在進行的治療法，她也非常體諒我，我們的感情也變得更好了。」

我沒有把內心的違和感說出來，吐糟他並沒有意義，我只想知道這個方法能否幫助自己脫離一路以來的地獄。

「可是照你所說的話，只要我故意不加入危險的選項不就行了？再說，『揍你一拳』這個選項本身就不合理吧？」

黑人冷笑了一下。

「這個世界本來就沒有『合理』可言……很快你就會明白了。我們這群人，本來就是因為『不合理』而聚集起來的。在我們開始應用這個治療法後，逐漸體會到原來世界本來就沒有『合理』可言……當然我們並不會要求你馬上嘗試強人所難的選項，當你認真地加入並自行摸索隨機的世界後，就會自然作出改變的……總而言之，你先試一下吧，在紙上寫上各個數字相應的結果。」

雖然我認同他說的話，但還是無法釋除掉心中的懷疑。我想了一下，在紙上寫下從一到六的數字，像是故意要惹他不悅地在「1」的旁邊寫下「馬上離開並忘掉這兒的一切事情」。黑人又笑了，但是沒有表現出任何的不悅。

「這樣也可以。接下來把其他數字也填上吧。」

我在「2」寫下「參與聚會一個月並全心投入隨機生活」。「3」是「回到自己的國家嘗試隨機生活」，「4」是「當一整天的隨機人，然後從此放棄」，「5」是「把身上的錢平均分給在場的人」，唯獨最後一個選項我想了很久也無法想到。

黑人看見「5」的選項時，稍微露出了迷惑的表情。

「你身上有多少錢？」

「一萬美元左右吧，我猜。」

房間內瞬間變得鴉雀無聲，每個人都露出目瞪口呆的表情。

「你經常隨身帶著這麼多錢嗎……？你是做什麼工作的？」回過神來的黑人問我。

「只是個普通的貿易商人。」

「沒問題嗎……？要是真的擲出了五可不能反悔啊。」

「沒關係，我不在乎。可是我想不到最後一個選項。」

我感覺到房間內每個人都對「5」虎視眈眈，可是我確實不在乎，要是真的擲出了五就當是答謝他們讓我消除了這天的無聊。不管怎樣我都想不到最後一個選項，雖然想寫下能讓自己高興的結果，但實在沒有什麼能夠令我感到高興的。即使是前面的五個選項，對我來說也是不管出現什麼結果都沒差。

「那麼，」黑人露出不懷好意的笑容。「要是擲到『6』的話，你就跟翠絲在我們面前做愛吧。」

「什麼？」

那是我在整個晚上第一次感到詫異。翠絲就是那個性愛上癮的女人，她大約三十歲左右，皮膚曬得黝黑，有著一頭漂亮的金髮。不知道是不是因為經常跟男人發生性關係的緣故，她的樣子看起來很憔悴，可是也無減她的性魅力。雖然早就注意到了，但在黑人說完後她玲瓏的身材透過白色背心的若隱若現下顯得更加誘人。不知為何，明明性愛應該早就無法再給予我任何新鮮的刺激，而且也上過無數比翠絲吸引得多的女人，可是那個時候我竟然有一股很想佔有她的衝動。

「翠絲，可以吧？」

黑人望向翠絲的方向。只見她懶洋洋地轉起陀螺——那是她的圖騰——陀螺失速後頂端的部分指向翠絲的右邊，只有她明白那意味著什麼。據黑人所說，當逐漸習慣隨機人的生活後就能自然而然地在腦中決定並記下所有選項，想出的選項也會變得越來越多，那時候就連使用普通的骰子也無法再感到滿足了。

「可以啊，不過我還是比較希望他擲到『5』。」

翠絲說完的時候，我全身久違地充斥了性慾，好像它們沉睡已久又忽爾甦醒了似的。我在紙上寫下最後的選項，腦內想像的全是我跟翠絲無視眾人的眼光在地板上赤裸的畫面。事實上，我早就對於他人在眼前做愛，或是在被別人看著的情況下做愛麻木了。在我手下擁有多家會員制，隱密性極高的俱樂部，全是供社會上有地位的人在裡面釋放他們最原始的慾望和暴力性，他們會在吸毒後像動物一樣在地板上粗暴地使用著女人或男人的身體，絲毫不在乎旁邊的人，一心沉溺在毒品和肉體帶來的快感上。儘管如此，當時的房間內除了荷西顯得有點不知所措以外，其他人都一臉無事般的表情，這個情景卻使我感到極為詭異。

拿著骰子時，我的心情變得很緊張。不知為何，總覺得我會在這個瞬間得到某種頓悟。我打量著手上的骰子，好像在思考著該怎麼做才能擲出「6」，其他的人顯然正在心中大喊著「5」。我毫不在乎他們，一心醞釀著心情準備跟翠絲做愛。我會在這兒遇見神嗎？把骰子擲出去的時候，巨大的刺激感使得我連該如何把情緒呈現在臉上也忘記了。

骰子面朝上的部分冰冷地展示出「3」，我需要回到自己的國家嘗試隨機生活。

回來日本之後，我並不是馬上就變得熱衷在其中。我依然抱著半信半疑的態度，可是當時對翠絲的興奮仍然殘留在記憶中，使我無法忽視當中的可能性。

我先是在簡單的事情上嘗試，比如說要不要跟不可靠的客戶做交易、投資的酒吧要開設的地點、或者單純地決定當晚要不要找女人等等，對我的人格構成不痛不癢的事情。之後我開始在選項中加入帶有危險性、或者是在旁人眼中看起來完全不合理的行為。下屬犯了錯的時候，我會用骰子決定他們的命運，幸運的話我會饒恕他們的過錯，也會有相隔一段時間後才處決他們的結果。

我漸漸變得能夠理解當中的樂趣，還有伴隨其後的危險性。我的行為開始變得無法預測，帶有自毀意味的選項也變得越來越多。有時候，我甚至會加入有機會令自己死亡的選項，那種時候我會感受到強烈的刺激感，並非因為對死亡的恐懼，而是一想到自己的性命有可能因為這種帶有玩笑意味的事情而失去，內心的悸動就不期然變得激動起來。但我還是活過來了，每次跨越了死亡的時候，我都會有一種重生的感覺，那道清新的釋放感會在體內維持數天至一星期不等，讓我忘卻現實中的無聊。

奇怪的是，我不但沒有把自己的人生毀掉，反而勢力變得越來越大。或許是因為我的不可預測性，我的下屬變得越來越忠心能幹。面對敵人的時候，他們也會自然流露出對我懼怕的神情。因為我的無序，反而在地下世界中建立了新的秩序，不知該說是諷刺還是可笑。但即使如此，我仍未成功尋找到心目中的神，成為隨機人只不過是排解了我的無趣感，可是並沒有從中領悟到任何接近「意義」的事物。

成為隨機人後的脫序行為也有讓人苦惱的地方。最明顯感知到的，是我的內在正一點一點地瓦解，變得支離破碎。構成我人格的事物開始搖搖欲墜，生命中再沒有所謂界限或規則的存在，一切的事物都變得可有可無，因為我隨時都有可能會擲出把它們毀滅的結果，包括自己的性命。

隨機性的膨脹速度比預期中快得多，每次使用圖騰前想到的選擇也越來越多。我的骰子面數由六面變成十二面，又變到現在的二十面。骰子面數代表了我的人生中可能發展的方向變多了，但最重要的「生存意義」卻依然離我很遠。我抱持著這種矛盾的心情，持續藉著隨機性來掩蓋越來越強烈的虛無感，等待著這頭巨獸反噬我的一天。

直到某個平常不過的日子，我終於遇見了神。

18

那天我因為心血來潮而去了某家由我掌控的金融公司——更準備來說的話就是高利貸公司。之所以會去巡視，本來只不過是圖騰決定的結果而已，並沒有特別的原因。

到達的時候已經是黃昏時份了，昏黃色的天空使人有種莫名的倦意，我很討厭那種天色。公司內的人沒有想到我會突然出現，還以為是出了什麼問題。原本只是打算隨便看一看就離開，忽然間從最裡面的房間傳來一陣淒厲的哭聲。

我打開門，裡面的兩個手下馬上站起來恭敬地向我打招呼。他們坐著的沙發面前，有一個正跪在地上痛哭、約三十多歲的女人，還有一個被她抱在懷內的小男孩，看起來應該只有五、六歲。

「發生什麼事了？」我問道。

「那個……這個女人借了我們一筆錢，可是該還款的期限已經過了好一陣子，因此才……」

「我一定會還的！只是希望你們能多給我一點時間……」女人力歇聲嘶地說，眼神中向我發出求助的意味。

她懷中的孩子大概不明白正在發生什麼事，但看見母親痛哭時還是伸手摸著她的頭。那個女人哭得更厲害了，直至我的手下叫她閉嘴才改為默默的抽泣。我對於這樣子的情景並沒有特別的感覺，畢竟她確實是向我們借了錢——而且也明知道我們是高利貸——人必須為自己的行為負上相應的責任。

「那麼……你打算怎樣還錢呢？」我蹲下來問道。

「我上個月被公司辭退了，現在還在找工作……一定很快就會找到的！求求你，只要給我多一個月的時間……要是之後還是找不到工作的話，即使要我賣掉身上的器官也可以！求求你……只是一個月……」

欠債的人總是會許下沒有根據的承諾，只為了把還款的期限拖延，完全沒有想過自己的說話聽起來是多麼的沒有說服力。但當她說到賣器官也可以的時候，我被她說的話稍稍打動到了，至少這是個可行的辦法。看來那個女人還是有相應的覺悟，我並不討厭這種人。

「她欠我們多少錢？」我站起來問。

「加上利息的話，總共是五百萬日圓。」

這個金額的話，要是她真的拚命還的話，也不算是特別大的金額。那個時候，我希望試試看能夠在這個女人身上發掘出什麼可能性。

我把骰子拿出來拋了幾下，房間內的人一瞬間都把注意力放到那顆骰子上，當時我用的是十二面骰子。我凝視著女人呆滯的表情，默默地在心中想出十二個不同的選項。

「妳的命運由這顆骰子決定。」

「那是什麼意思……？」她小聲地問道。

「妳不需要明白……我只能告訴妳，『1』是對妳來說最壞的結果，『12』則剛剛相反。因此不管擲出的結果如何，妳都不能有怨言。」

女人的身體顫抖得很厲害，雙手不自覺地把孩子抱得更緊。我不理會她的反應，兀自把骰子擲到桌子上。在等待骰子出現結果的途中，房間內的氣氛改變了，彷彿只有那個空間被世界分隔了出來，準備發生什麼事情似的。

桌子上的骰子停下了轉動。那是「12」。

房間內沒有任何人作聲，全都靜俟著我說出下一句話。女人的眼中展露出一種連自己都無法確定，淡薄無比的希望。我抓抓頭，沒有絲毫情緒流過地向她宣告。

「走吧，欠我們的錢不用還了。」

「咦？」

不只是那個女人，就連那兩個手下都懷疑自己聽錯了。一旦結果決定了，我對這件事情也就失去興趣了。

「就像我說的，錢不用還了，妳可以走了。」

女人彷彿在一瞬間失去全身的力氣般攤倒在地上，發出不知道到底是在哭還是在笑的奇怪聲音。兩個手下雖然滿腦子疑問，但也只能不發一言地站在原地。

就這樣過了好幾分鐘，那個女人好不容易重新站起來，不斷向我鞠躬道謝，還要她的孩子也一起向我道謝。那個小孩掛著一副不知道發生什麼事情的表情，但也乖乖的聽從母親的指示向我鞠躬道謝。這個時候，我的心中出現了一道溫暖。

自從開始了隨機人的生活後，我的情感領域拓展了不少。有時候做出了某種決定後，我的體內會湧出以前沒有的情緒……我會同情即將死去的人，即使要奪去他性命的人是我也一樣。不，正因為是我要奪去對方的性命，才會更加去同情他。就像要品嚐對方至今為止的人生似地，我會代入他的世界，想像他的情感，體驗他在死前感受到的悔恨、無助、求存本能……那種時候，就連時間的流逝也會變得極其緩慢。與之相反的，當我因為骰子的決定而救助了某個人的時候，對方所感受到的溫暖也會透過他的言語、神態或是眼淚傳到我的體內，讓我也打從心底感到感動。只有持續沉淪在這個名為「情感」的毒海中，我才能體會到活著的感覺。

「要克服一種情感的意志，最終只能藉著另一種情感或另外若干種情感的意志」。我只能不斷用新的情感去覆蓋舊的情感，否則終會被虛無感完全吞噬。我明白為什麼那些精神病人能夠藉此得到解脫，因為那就像為了戒除毒癮而故意去染上另一種毒癮。問題是，一旦連既有的情感都到達了臨界點，那個時候就只能把毒品的劑量提升了。

那個女人在離開前，仍然不停地向我道謝。她的表情完全放鬆下來，彷彿正經歷著人生中最快樂的時光，然後牽起那個孩子的手走向門口。

那個時候，到底我在想什麼呢？我已經記不起了，房間內的一切變成了慢動作般，每一個瞬間都在腦中定格下來，重複運轉數遍才進入下一個定格。直到現在，我都說不出當時自己為什麼會這樣做。我把骰子擲到桌子上，發出骨碌骨碌的聲音。

不，你不要誤會，圖騰一旦決定了的事情就是絕對的，不允許透過再次擲骰子而改變。換言之，由我擲出「12」開始，那個女人的債務就已經確實地消去了。之所以再次擲下骰子，是因為我想透過骰子來確認自己的感覺，希望由機率來告訴我這個瞬間是不是我的臨界點……身為隨機人、還有身為人類的我的臨界點。

骰子停止了滾動，向上的一面無情地展示出「12」，只有144分之1的機會出現的情況。

那是我開始了隨機生活後的首次猶豫。我在心中想出的選項，除了「12」以外全部都是一樣的。

換言之，只有在出現「12」的時候，我才會把她叫住。猶豫只出現了一瞬就消散了，圖騰決定的事是絕對的。

「慢著。」我把正要打開門的母子叫住。

那個母親回頭望著我，臉上仍掛著快樂的表情。

「把衣服脫掉。」

她的表情馬上濛上一陣陰霾，我隱約感受到站在我後面的兩個男人稍微後退了一步。那一刻我支配了那個房間的一切，不是指在權力上，而是能確實地掌控房間內包含時間和空間的一切。不需任何言語，那個女人當下就明白了我的意思。我進入了一種前所未有的狀態，就連她內心的掙扎也能確實地感知到，甚至能夠作出擾亂。難道這就是只有神才能體驗到的世界嗎？神並不是出現在我的面前，而是跟我一體化了嗎？

「……可以讓孩子在外面等嗎？」

女人放棄無謂的掙扎，一心只希望孩子不用看到接下來要發生的事。

「不行，他要坐在沙發上。」我指向對面的沙發。

房間內的空氣凝結了。除了那個小孩外，每個人都屏住了氣息。那個孩子儘管不理解正在發生的事，卻還是小跳步地走到沙發上坐下了。女人張開嘴巴想說些什麼，但很快又閉起了。她把手放到外套鈕扣上，久久沒有解開。

「快點。」我催促她。圖騰決定的結果是絕對的。

「不……那個……」她支支吾吾說道。

那個時候她想著的，就只有盡力拖延每一分每一秒，彷彿只要拖延到某個時候就能脫身似的。她身上發出微弱的橙色光，代表她正處於極度的猶豫和掙扎之中。這麼說或許你無法理解，一旦跟神同化之後，所有感官之間的隔閡就會消失掉，它們全部連結在一起，讓我全身心地品嚐著一切。更具體地說的話，就是我不再只是使用「相應的感官」來感受當下，不再只是「感受到她的情緒」，而是能夠「看見她的情緒」、「聽見她的表情」、「觸摸到她的心跳聲」……房間內的一切訊息，我都能用上所有的感官去體驗、品嚐、吸收。

「你們兩個，把她抓過來。」

我有氣無力地向一直站在後面的兩人指示。稍稍遲疑了一下後，兩人忠實地執行我的命令，走過去捉著女人的雙臂。女人發出了一聲短促的尖叫。到她被拉到我的面前時，已經連掙扎的意志都消失了，僅能用眼神向我展示求饒的請求。我興味索然地解開她的外套，希望她能夠理解這並非出自我自身的意志，而是無可違逆的神喻。即使拖延時間也是無濟於事，只不過是把身處地獄的時間延長下去而已，不論對她還是對我來說都是一樣的。

女人不再抵抗，任由我一件一件地把她的衣服脫掉。儘管早已潸然淚下，她仍故意把臉別向另一邊，彷彿要用最後一絲力氣去拒絕我一樣。她的小孩在旁邊看見我把他的母親的衣服脫去時目瞪口呆，甚至還從沙發上跳了下來打算阻止我，可是被那兩個男人制止了。把女人的內褲也褪掉後，我望著她展露無遺的身體不禁皺起眉頭。那是一具再普通不過、皮膚有點鬆垮的女性身體。一般而言無法用上性感或是美麗之類的詞彙去形容，甚至未必會聯想到性，僅是一個普通人的身體。她沒有試圖遮掩身體，只是盡力側過身子避開自己孩子的視線。

我想盡快結束這件事。我沒有脫掉自己的衣服，僅是把褲子的拉鍊拉開，掏出顯然對眼前的身體不太感興趣的陽具，開始進行我應該做的事情。但是不知為何，跟她的身體融合在一起後，我竟然感受到前所未有的興致高昂。不僅如此，我的情緒也透過我們結合的地方傳到她的體內，她的呼吸逐漸變得急促，因為自己的身體反應而露出驚訝的表情。

我的動作變得粗暴，扭住她的手臂，甚至一度勒住她的脖子。她露出痛苦表情的時候，我又開始同情起她，就像之前對必須殺掉的手下那樣。這個女人好可憐，為什麼她必須遭受到這種待遇呢？但那是由神所決定的事，並不是我們能夠明白的。神有祂的想法，我們能做的只有不帶疑問地聽命於祂而已。我越是同情她，越是體諒她面對的窘境，我就變得越興奮。意識彷彿和房間內的所有事物同化了似的，我甚至能俯瞰自己的動作，就連時間和空間的物理法則也失去了其原有的意義。

她的孩子不斷哭著大叫，無法接受我對她的母親做出這等不堪的事。以他的年齡來判斷，恐怕他根本不知道我們在做什麼吧。即使如此，他的本能也明白性行為是帶有攻擊性的一種侵入行為，對於母親受到這種暴力的他會有這種反應也是合理的。當然，他不可能突破那兩個男人，只是白費氣力。因為聽到了孩子的尖叫聲，被我壓在身下的母親淚流滿面，那一刻的她變得非常美。羞辱感、關心孩子的本能、被我粗暴地對待的痛苦、還有不應該出現的興奮感……一切都交融起來，化成只有我們兩人才能體會到的，即使是最高級的毒品也無可匹敵的快感。那個孩子的哭鬧聲，轉換成能夠直接刺激中樞的頻率透過耳朵傳到大腦，再傳送到我們的身體不停互相撞擊。

是的。當時的她渾身就像正被火燒著般灼熱，在那種胡來的狀況下一再達到高潮，那個女人的精神已經狂亂一片了。我們都感覺到房間內有某個朦朧的東西正守在一旁，等待著我們的本質浮現出來。可是，我就是無法觸碰到那個釋放點，彷彿雖然神同化到我的體內，使我到達了無限接近祂的地方，但就是欠缺了能夠跨進那個境界的決定性因素。我持續跟那個女人分享著至高無上的快感，但就是無法到達高潮。

忽然間，神再一次在我的體內主張祂的旨意，我的腦內浮現了另一個念頭。

跟我的身體連結著的女人似乎感受到了我的想法，一邊哭著一邊搖頭。

「不要……求求你……」

身體的快感中混雜了一種如濃霧般的哀傷，是那個女人當時的感情。持續被多種情感侵入身體後，我已經完全失去了理性判斷的能力，就像要釋放體內感受到的強大情感似地，我吻了那個女人。那個吻又長又深，彷彿身為人類能夠感受到的所有感情都濃縮了在當中似的。再次分開的時候，我把食指貼在她的嘴唇上面，示意她安靜下來。

即使是處於那個狀態的我，也無法意料到接下來會發生什麼事，那是只屬於神的領域。當時仍身為人類的我，把仍在桌子上無感情地寫著「12」的骰子拿起，再次擲出。

就跟之前一樣，除了「12」以外，其餘的十一個選擇全都是同樣的選項，代表著這兒就是我的情感界限的選項。那道骨碌骨碌的聲音彷彿會持續一輩子，就連我倆的動作也靜止了下來，等待著圖騰決定的結果。那段時間漫長得像是經歷了幾個世代，宛如只有我跟她從周圍分隔開來，活在不同的時間似的。

骰子停止了。

面朝上的部分再次寫著「12」。1728分之一的機率。

我彷彿看到在天花上有一道強光，顯現出意味著我被神允許跨越人的領域，成為更高等的存在的階梯。

那個女人無法看到那道階梯，旁邊的兩個男人和那個孩子也看不見。只有我。那個女人激動地扭動著身體，正在大喊著什麼，可是我已經無法聽見了。

我從身穿的大衣暗袋內拿出手槍，毫不猶豫地朝那個男孩的頭開了一槍。

男孩應聲倒地，深紅色的鮮血從他的額頭流到地上。那兩個男人聽到槍聲時嚇得宛如石化了似地動也不動。

女人呆了好幾秒後才意識到發生的事，然後發出極度淒厲、無法想像是人類所發出的絕叫聲。她想衝去抱自己的孩子，可是馬上被我用全身壓住。我緊抓著她的手腕，再度開始剛才中斷了的性愛。我的動作變得很快，快感又上升了一個次元，就連肉體也成了一個多餘的存在，構成我的每一顆細胞都共同承載著這份快感。

女人歇斯底里的表情看起來好美。已經聽不見她發出的聲音了，我們不需要再透過這些事物來交流了。我跟她已經同化了，我就是她，她就是我。那個時候，我哭出來了。哭的原因已經不重要了，只是因為一股濃厚的悲傷感傳到體內，而能夠反映出這道感情的最佳方法就是哭泣，僅此而已。我們的肉體就像機器般重設到最原始的狀態，作為情感的載體把承受到的一切情感展現出來。

不知道是因為我放鬆了手上的力，還是她的力氣變大了，她掙脫了我的雙手，身體則仍然被我重重壓著。她把雙手繞到我的背後伸進衣服內，用一種乍看是緊抱著我的姿勢，狠狠地用指甲插進我的後背。她發瘋似地不斷抓，帶著深不見底的恨意地抓，即使不用看也知道我的後背已經被她抓出一道道傷痕，鮮血正從中流竄出來。

殺意。這是在我朝那個孩子開槍之前，這場性愛所缺少的情感。自然界中能夠從性愛中得到快感的生物並不多，除了人類以外就只有寥寥幾種。其他動物之所以發生性行為，單純是為了繁殖而已。另一方面，發生性行為後會死的生物也是存在的，比如螳螂。性行為本來就是一種危險的行為，有著使生物處於脆弱狀態，隨時會被奪去性命的風險。因為那份親密性，即使是弱質纖纖的女性，有時也能輕而易舉地殺掉比自己強壯得多的雄性。

感受到殺意的當下，這場性愛終於變得完整了。跟她猙獰的樣子相反，她的肉體因為前所未有的快感而變得失控地扭動。我把腰部的動作加快到極限，毫不在意淌血的後背。一直守在一旁的未知物跟我們融為了一體，我跟她同時達到了高潮。跟一般得到瞬間快感的高潮不同，我並沒有注意到任何快感，彷彿只有肉體在無趣地兀自射出象徵快感的液體，精神則有種已然脫離出一路以來拘束著自己的東西的感覺——不管拘束著我的是什麼都好。

聽到槍聲後從外面跑進來的手下用力地打開門，此時我也正好從女人的身體內抽離出，一臉茫然地東張西望。不管是全程從旁看著的兩個男人，還是後來衝進房間的手下們，無一不為眼前所看到的景象感到極端詭異。全身赤裸的女人、仍處於恍惚狀態的我、還有倒在地上鮮血流滿地板，顯然返魂乏術的男孩。

女人用力甩開我，跑到那男孩的屍體旁邊抱起他，開始嚎啕大哭。那兩個男人並沒有阻止她，只是戰戰兢兢地把頭轉向我，似乎在等候我發出指示。我仍在掌控著房間內的一切，神還未從我的體內離開……不，那一刻我就是神。

我望向桌子上的圖騰，那顆骰子上的「12」仍好端端地展示著，無感情地旁觀了發生在房間內的一切。因為那一刻我取代了神嗎？我罕見地在做決定前不使用圖騰。不過現在回想起來，恐怕即使那一刻我沒有跨越到更高的境界也會做出同樣的事。也就是說，這個世界有些事情是即使有著其他的機率，也必然會發生的。而能夠掌管這一切的，就是被稱為「神」的存在。

出乎意料地，經歷過那種瘋狂的性愛後，我的心情平淡得可怕。重新把褲子穿好站起來的時候，我的心中只有感激之情。不知道是對於那個女人，還是對於這個世界的一切，總之就是感激。我知道自己以後不需要再去尋找意義，因為光是要感激我擁有過和感受過的一切，已經足夠我花上一輩子了。

我帶著感激的心情，淚水無法停住地從眼睛不斷流下來，朝那個女人的後腦開了兩槍。

19

神代喋喋不休地說完之後，陷入了一陣怪異的沉默。不知從什麼時候開始，我的身體已經沒有再顫抖，感受到的寒意卻比起之前更強了。

這個男人是瘋子。他比起小光的父親、西野的父親、還有我見過或聽說過的所有人都更瘋狂。初川前輩所說的怪物，眼前的這個男人恐怕就是那種存在。我再次瞄向他身旁的槍，不知為何那把槍現在看起來變得很遠。

「也就是說，你是因為骰子擲出的結果，才會出現在這兒？」

在他說起往事的時候，我幾乎沒有插嘴，一直在傾聽他說的內容。要是他說的都是事實，恐怕我無法以道理或任何邏輯性的理由逃脫這個窘境，只能任由他宰割而已。

「嗯，你的反應很快。即使早就知道了你的存在，但是因為機率我才會直到今天才跟你見面。」

「你不是說自己已經到達了神的領域嗎？為什麼還要依靠圖騰？」

我嘗試順著他的觀念尋找可以突破的地方。即使他是個完全隨機的人，但背後應該也有著一套牢不可破的價值觀。雖然不確定，但要是我能從中找到一絲裂痕的話，或許能平安地了事也說不定。

「成為神只是那個時候的事……人類是不可能成為完全的神的。只有在達成特定的條件、再加上天時地利等等因素交織出的觸發點，才有可能在短時間內達到神的領域。也就是說，成為神這件事本身也需要依靠機率。」

「……完全就是宗教的教主會說的話呢。」

「說起來，我剛才那些話是騙你的。」

「什麼！」

我不自覺地吼了出來。他是在開玩笑嗎？裝模作樣地說了長篇大論的話，現在又全盤否定？

「不……那對母子的事情是真的，我利用圖騰過著隨機人的生活也是真的……可是美國那部分是假的。沒有荷西這個人，黑人和翠絲也是不存在的人。全是我剛才一剎那想到而即場編的……不過即使這麼說，說到底你根本無法判斷哪些部分是真，哪些部分是假的吧？這就是活在這個世界的有趣之處啊……」

他露出戲謔詭譎的笑，積在頭部的重壓又加強了。

「那麼意義呢？就我看來，你仍然活在無趣的虛無之中不是嗎？難道就連這部分也是騙人的嗎？」

要是能從他的口中套出對他來說有意義的事物，至少能夠提高自己的生存機率。一想到自己用上了「機率」這個詞語，我不由得苦笑了一下。要是他真的決定用骰子決定我的生死，不管怎樣努力也是徒勞。

神代擦了擦鼻子。我無法想像他這樣的人也會擦鼻子。

「當進入過神的領域之後，我的一切價值觀就完全改變了……簡直就像至今為止的人生都只是為了成就那一刻。這麼說吧……『意義』這個詞語本身就沒有意義。雖然用言語具體描述那種感覺根本不可能，但我還是儘量解釋給你聽吧……你知道人類的大腦無法想像出新的顏色嗎？就是同樣的道理……我們都以為人類的大腦有著無窮的想像力，但實際上是有限的，我們都是被限制在固有框架下地存在著。只有當我們把自身的意志投射到某種事物上，那件事才顯得『有意義』……再舉另外一個例子吧，獨角獸本身是不存在的吧？可是人類藉由想像力把馬加上角，成就了獨角獸的形象，並且廣泛推廣到全世界去，於是獨角獸就變成一種存在於我們想像並且能夠理解的個體，牠實際存在與否就已經變得不重要了。

同樣地，人類透過創造出『意義』這個詞語來傳達某種虛無的、沒有實體的概念，只有在人們注意到它時，『意義』本身才會變得有意義……不然的話這個世界上根本沒有意義可言。你有想過如果從來沒有人發明這個詞語的話，這個世界會變成什麼樣子嗎？追求『意義』這件事本身就是沒有意義的……硬要說的話，光是仍然活著這件事，就是人類存在的全部意義了。」

我無從反駁他。就跟善惡沒有絕對的標準一樣，「意義」終究也是由不同的人訂立出來的。或許就如他所說的，世界上只有大大小小的機率可言。全身的氣力正從四方八面流失。不知為何，一旦接受了這件事，體內竟然有種一閃即逝的愉悅感。

「我明白了。終究我的命運還是要由骰子來決定對吧？」

「……說得沒錯。老實說我挺喜歡你的，就這樣死了未免太可惜了……當然圖騰的決定是絕對的，這一點是不變的。看在這一點份上，我給予你死亡的機率是五分之一，另外有十分之一的機會，我會當作什麼也沒有發生過，就這樣離開。」

也就是說，有四個數字會導致我的死亡，另外有兩個數字則完全相反，今晚發生的事都會變成一場夢。

「其他的數字呢？」

「其他的數字雖然實際結果都不一樣，但大致上都只有一個方向。話說回來，你有留意到自己的變化嗎？從一開始滿腦子想著尋找機會逃跑，到後來我把槍放在這兒之後就一直偷瞄著……」

神代指一指身旁的槍，原來他早就注意到了，可是也沒有什麼好稀奇的。

「你應該聽過吧？人類在面對危險的時候，本能反應會產生『戰鬥』或『逃跑』的說法。其實這種說法並不完全準確，生物在面對危機時，除了戰鬥和逃跑外還有其餘兩個選項——『虛張聲勢』和『服從』。不知道是不是自然界的法則，生物其實普遍會避免無謂的戰鬥。除非有絕對的優勢或利益時，才會選擇這種危險的行為。比如說為了獲得食物而狩獵、或是藉著戰鬥來爭奪異性的關注等等……

言歸正傳，以你的狀況來說戰鬥是不可能的了，我也不建議你選擇這種魯莽的做法。虛張聲勢顯然也不會對我有用，逃跑的話……你還未走到門口就會死了。換言之，你只有『服從』的選項。當然，這也是由圖騰決定的，要是擲出那五分一的機率……你還是免不了一死。雖然你聽起來會覺得沒有道理，可是世事就是這樣。

服從的選項裡面，視乎擲出來的數字，會有只需替我辦一件小事至一生作為我的奴隸的差別。要是出現那些數字，我以後會再告訴你需要做的事情，也有可能我就這樣忘掉了，或是幾年後才突然想起來的可能性……但圖騰決定了的事就是絕對的，換言之你的命運仍然是掌握在我的手上。」

「要是我之後逃走呢……？」我不加思索地問，雖然很清楚根本不可能成功。

「首先，你大概也猜到我要找你並不困難吧？你盜用信用卡的技術很不錯，卻還是被我找到了。即使逃到國外，我還是有辦法找到你的……另外，要是你逃走的話，我馬上就會從你身邊的人下手……這個是必然的。並不只是單純殺掉他們，而是使用最能折磨你的方法……雖然這樣子對我來說也會成為多餘的負擔，可是規則還是要遵守的。你最近跟那個西野經常上酒店吧……？那個女人也是個有趣的人呢。再不然，跟你同一家公司的那個女人不是有個兒子嗎？要是她知道兒子因為你而死的話……」

「夠了，我明白你想說的事情了。」

「哈哈！話說你不覺得自己很矛盾嗎？明明選擇了這種人生，居然還會跟別人有牽扯什麼的……」

「趕快擲骰子吧。」

我的語氣帶著怒意。神代把身體微微靠前，手中握著即將決定我的命運的骰子。

「那麼，我要擲了。」

骰子落到桌子上，發出碰撞的聲音。骰子像是陀螺般不斷旋轉，時間變得非常漫長，就像生命完結前的走馬燈一樣，我希望它一輩子都繼續旋轉著。

骰子在靜止前又滾動了數次，最終脫力顯示出數字。那是「13」。

出現「13」後，我並沒有任何現實感。「13」代表什麼？是我要死的意思嗎？這個在西方傳統上寓意著不祥的數字，即使神代把它選為我的死亡數字也完全不足為奇吧？身體流出大量冷汗，我瞄向神代，希望他至少趁我不注意的時候才把我一槍斃命，但他只是帶著一種瘋狂的興奮注視著骰子。我無法讀懂那道表情，只能靜待他開口宣告。

「哈哈！你果然很有趣！某種程度上，『13』對你來說是最好的數字。」

我不明白他的意思，但聽到這番話時卻又稍稍鬆了一口氣。

下一秒鐘，神代迅速地拿起放在旁邊的槍，把上方金屬部分向後拉一下。我嚇得大叫了一聲，想站起來撲向他，反而因為雙腿脫力而面朝天倒在地上，以屁股爬行的姿態不斷向後退，我伸手做出格擋的手勢，全身到處都正有液體湧出來。

「別怕。你不用死。」

雖然他這樣說了，但我依然極度恐慌，深怕他會突然朝我開槍，畢竟我根本不知道那個數字意味著什麼。

「你先冷靜下來，聽我說。」

我頓在離他稍遠的距離，深呼吸了幾下，手仍維持著格擋的姿勢，儘管要是他真的開槍的話根本完全沒用。

「冷靜下來了吧？細心聽我說……事實上，剛才只有四個數字對你來說是好事，也就是你拼到了那五分之一的機率。撇除掉會死的四個數字和那四個對你有利的數字外，其餘十二個恐怕對你來說也跟地獄無異。出現『1』或『20』的話，我會當作什麼也沒有發生過，就這樣離開，你應該最希望出現這個結果吧？出現『18』的話，你只需把這一年內從我的卡內盜走的錢還給我就可以了……雖然我個人覺得這是最無聊的結果，但要是出現『18』的話我也會心甘情願地接受。最後一個就是『13』了……」

神代掩住嘴，即使不看也知道他正在笑，而且是種使人不禁心底發寒的笑。

「這對我們兩個來說都是最有趣的結果了……容我再次衷心對你表示感激。『13』意味著你需要替我辦一件事，短期內我會告訴你那是什麼事……那件事雖然不致於不可能辦到，但也有一定的難度。只要辦好那件事，我就會從此放過你。可是接下來才是重點，因為要是你辦不到那件事的話就得死，我也不會無理得把這個結果說成是對你有利……取而代之的，我會留下這把槍給你。」

還未理解他所說的話，他已經把手上的槍放到地上推向我的方向。

「那把槍已經拉下了保險掣，裡面也裝好了子彈……你應該明白了吧？要殺我的話，只有趁現在了。」

神代的眼中滿是瘋狂，我搞不清楚他的目的，但還是趕緊先把槍拿在手上。他緩緩地從床上站起來，一步一步走近我。是影子的關係嗎？他的身體看起來異常巨大，明明是拿著槍的我卻不自禁地以坐著的姿勢向後退。

「不需要再特地說明吧？只要扣下扳機，你以後的人生就變得安全了……雖然也會因為殺掉我而被通緝，但總比以後可能會面對的地獄好吧？畢竟即使成功辦到我要你做的事，你仍是會害怕不知何時我會再找上你吧？與其一輩子都要活在那種恐懼中，倒不如現在把我解決掉不是更好嗎？只不過是扣下扳機而已……可以殺掉我的機會就僅有這次，換個角度看你可是拯救了很多人啊。一旦我離開這個房間，未來還會有無數的人因我而死，這些性命都能因為你扣下扳機而獲得拯救……來吧！不管是為了自己，還是為了其他無辜的人都好，開槍吧！」

神代離我只有幾步的距離，眼睛裡只有狂熱，他是真的不畏懼死亡。我的食指已經放在扳機上，可是完全僵硬化了，彷彿我失去了它的控制權似的。

「別擔心，殺人並沒有你想像中的那麼難。順便告訴你吧，殺人之後也是有不同的反應階段的……首先，你的身體會釋放出大量的腎上腺素，導致進入類似注射嗎啡後的興奮狀態——感覺身體像浮在空中、不由自主地笑、感受到前所未有的快感等等。有小部分的人會從此固著在這種興奮狀態，變得像是毒癮一樣，以後也會持續殺人……大部分人則會進入到下一個階段——後悔階段。你可能會哭，會感到噁心或是想吐，戰場上的士兵甚至會對射殺的屍體道歉……就跟興奮階段一樣，也有人會一輩子固著在這種後悔與內疚的情緒，可是如果你殺的人是我，這件事大概不會發生……因為最後還會迎來合理化的階段。雖然或許無法擺脫掉殺過人的事實，但是你可以接受自己的所作所為是必要和正確的——就像士兵會以『為了保護國家和其他一同上戰場的伙伴』這種狗屁不通的理由來說服自己一樣。」

神代的臉來到我的眼前，我甚至能感受到他呼吸的氣息。他用雙手合起我的槍，把槍頭對準自己的額頭。

「扣下扳機吧。殺了我之後，你就能邁向身為人類更高一個層次的境界了。你會品嘗到前所未有的感覺，彷彿站在更高處，也能夠看見更遠的景色——你的世界會拓展得更寬闊。難道你不想了解自己身上更多的可能性嗎？要是現在不殺了我，你的一生就注定只能停留在這種階段了……終有一天你會感到無趣，對這世界的一切都提不起興趣，甚至會因此而自殺。當然，也可能在未體驗到這些之前就被我殺死了……快點開槍吧！」

我要成為怪物嗎？手不停地顫抖，激烈得不管何時誤開了槍也不奇怪。儘管如此，我就是無法扣下扳機。眼睛因為淚水而變得朦朧一片，但扣在扳機上的食指還是無法按下去。開槍啊。手指趕快動起來啊。為什麼不能動？要是現在不殺了這個男人的話，我的人生或許會就此結束。

我們維持了這個對峙狀態好幾分鐘，神代眼中的狂熱逐漸褪去，又回到了最初那種冰冷的眼神。

他慢慢鬆開雙手，表情變得像是看到路上的小石子般興味索然。

「終究還是死不了啊……」他低聲呢喃著，像是在跟自己的內心對話似的，跟剛才激昂的表現判若兩人。

我也終於受不了，拿著槍的手軟弱無力地放下。不開槍是正確的嗎？但我已經無法再次舉起那把槍了。神代悶哼了一聲，現在從他身上散發出來的只有疲憊感。

「你或許會後悔的……算了，總而言之，以後我會再聯絡你的。」

神代拋下這一句話後，遺留下癱倒在地上的我和濃烈的大麻味道走出大門。

20

我做了一個奇怪的夢。

我夢見自己混在人群之中，沒有任何人注意到我。朝著同一個方向走的人在短暫的時間裡形成一個群體，途中有某些人從群體中脫離並走去別的方向，但因為不斷又會有新的人加入，所以群體的基本形狀不會受到動搖。

我不知道這個群體到底向著什麼地方前進，僅是無目的地跟隨隊伍蹣跚走著。雖然被前方的人頭遮擋著無法看見前方的路，但光是身處在人群之中已經使我無比安心，毫不在意盡頭會有什麼。每個人都木無表情地望著前方，彷彿思緒根本不在此處，而是飄往了內心世界的某處，望著前方只是多年來熟習了的機械性行為而已。

每個人都保持著巧妙的距離。要是從高空俯瞰下來的話，恐怕只會見到密密麻麻的黑點在緩緩蠕動著，可是這堆黑點又不致於近得互相碰撞，各自留在屬於自己的適當空間。

正當我享受著這份安定的時候，突然察覺到異常的違和。

最先引起我注意的，是站在右前方的一個老人。頭髮全白的老人臉上滿布皺紋，腳步跟其他人比起來也顯慢，但卻有著讓人無法忽視的左臂。那只左臂強壯得可怕，在老人瘦骨嶙峋的身體上形成了極為詭異的對比。線條分明，猶如岩石般堅硬的肌肉顯然並不屬於那老人，老人以有點駝背的姿勢走著時，手臂的長度甚至下垂到超越他膝蓋的位置。

我掃視四周，發現身旁的所有人都有著跟其不相稱的肢體部分。穿著制服、看起來像是高中生的年輕女孩有著毛茸茸的小腿；穿著整齊西裝架著幼框眼鏡、一看就知道是上班族的男人，右腿的部分卻穿著女性的熱褲和高跟鞋；有著濃密鬍子，雄糾糾的中年男人，手臂卻異常纖幼，還塗上了閃亮亮的指甲油。

隨著人群的替換越來越快，甚至出現了擁有非人類生物部分的人。有著螳螂雙臂的男人、袋鼠腿的中年婦人、頭髮的部分長著鳥類羽毛的外國人……頭部有一股天旋地轉的感覺，我停下了腳步佇立在路中心，人潮無視我的行動繼續移動著。

忽然間，周遭的人紛紛把視線投向我，七嘴八舌地說著我聽不懂的語言。不，應該說明明聽得懂每一個字，可是不知為何無法理解當中的意思。每一個經過身邊的人都在看我，我赫然成為了這個空間的異物。那些異樣的目光使我有種想吐的不適，我想逃去一個沒有這種視線的地方，可是不管怎麼找也看不到可以讓人安心的地方，每個人身上也有著屬於別人的肢體。

熙熙攘攘的人群逐漸疏離，本來凝聚在一起的密集人群變得鬆散。我注意到眼前站著一個同樣跟我佇立在路中心的人，正目不轉睛地打量著我。

是小光。可是那並不是我認識的小光，他的雙腳變成了像是章魚的觸鬚。

「為什麼你沒有別人的手腳？」

這個有著小光上半身的孩子，用迷惘的眼神掃視過我全身後好奇地問。他的嘴唇沒有動過，只有聲音直接傳進我的腦內。

我想回答他，可是又不知道該如何解釋，支支吾吾了好一陣子，連自己也搞不清楚到底說了些什麼。

「你真的好奇怪。」

小光揚起眉毛對我說。不等我回話，他就被淹沒在人海中，化為那些黑點的其中一員。

奇怪的人是我嗎？

原來如此。我好像忽然想通了什麼似的。

在這個魑魅魍魎的世界裡，唯有全身肢體都屬於自己的我才是異常。

21

我比約定的時間早了十分鐘到達咖啡店，發現鈴木比我更早坐在了往常的角落位置。他仍是穿著十年如一日的啡色大衣，頂著蓬鬆的髮型，一如往常地做出一模一樣的微微點頭動作。

「讓你久等了。」

我坐到他對面的位子上，焦急地拿出早已預備好、裝著現金的厚信封交給他。之前拜托他調查西野的卡和偽造驗證相片，再加上今次向他購買卡術組件的費用，我總共在信封內裝了三十萬日圓。前一天他就已經把越南人的驗證相片透過電郵發送了給我，我馬上把它上傳到電子錢包帳戶的網站上，只待平台解除封鎖。

「這個金額可以吧？」

鈴木滿意地點頭。自從神代出現在我家之後已經過了三天。這三天我幾乎足不出戶，不只無故曠職，就連卡術也完全沒有碰過。肚子餓了的時候就吃積存在家中的泡麵，不然就是在抽大麻或把各種各樣的藥物放進口內，就連千佳發簡訊給我的時候也僅是以「最近有點事」結束了對話。

神代的壓迫感一直殘留著，要是沒有藥物幫助的話，一閉上眼睛就會浮現他的身影。他會要我辦什麼事呢？不知道他什麼時候會再找上我，還是說，他會趁我不注意的時候突然殺掉我呢？不知為何總覺得神代要是想殺我的話，一定會把事件設定得看起來像是意外，比如說在四下無人的小路中被車撞倒、在電車月台被推下軌道、甚至在大馬路上突然被拿著菜刀的女人刺殺……諸如此類的想像宛如在腦中扎根了般無法驅除掉。

我特地在網上研究了神代留下來的那把手槍的知識。那是一把由捷克研製，曾被蘇聯特種部隊採用過的手槍型號，共有十五發子彈。槍身意味著不祥的黑色，即使在漆黑一片的房間中也非常突出，似乎在催促著我使用它。槍的特別之處，在於它的存在只有傷害他人的目的。即使把這把槍的知識研究透徹，我依然沒有自信能夠使用它。在無法對神代扣下扳機後，自己真的能夠在必要時開槍嗎？我很懷疑這一點。儘管如此，這幾天我槍不離身，就連外出時也把槍藏在後背上，僅以外套遮著。雖然考慮過或許會被神代發現鈴木的存在，可是恐怕他早就已經把我生活的一切調查過了，即使故意隱瞞也沒有意思。

「那個……雖然或許跟卡術沒有關係，但我有件事想問一下……」我吞吞吐吐地對鈴木說。

鈴木把眼睛瞇成一條直線，似乎察覺到我接下來要說的事情不單純。

「你說吧。」

「我或許需要到國外待一陣子……但出於某種原因，我不想使用自己的護照和身分離開……那個……有什麼辦法嗎？」

雖然並不打算短期內逃走——畢竟這樣子會連累到千佳和西野——但即使為了保險起見，先預備一下比較好。要是真有個萬一必須馬上逃走，用自己的護照離開也可能會被神代發現。再說，即使完成了神代交代的事情也不一定就能確保自身的安全，到時候再離開的話，至少能夠減少被他知道的機率。機率無處不在。

「換言之，你惹上了某種麻煩，需要一本假護照來逃亡到外國……對嗎？」

鈴木沉思了一會兒後，用一貫的冷淡語調回答。

「……可以這麼說。」

雖然他說得沒錯，但我的胃裡一陣翻騰，冒出了一股莫名的羞愧感。我想起了他上次說的，關於我太小看這個世界的事情。儘管現在他並沒有作出任何批判，但即使他對我冷嘲熱諷我也沒法反駁。

「你打算逃去哪兒？」

「咦？」

「依據你想去的國家，假護照的做法也會有不同的種類……因為防偽與辨識技術的提升，粗糙濫造的護照在先進國家往往都會被識破。當然護照的質量越高，價錢也會越貴。」

我並未考慮得這麼仔細，剎時間只能想到一個地方。

「……荷蘭。」

「明白了。歐洲地區的話，偽造的護照並不容易過關……最簡單的方法是，找一個跟你相似的人，用他的身分申請一本真的護照。到時候會需要一張你的照片，新的護照雖然會是你的照片，但是其他資訊通通都會變成別人……因此你在離開前必須先好好記下所有必須的資訊。使用這種做法的話，費用是一萬美元，當然也是現金。」

「沒問題。可是……被我使用身分的那個人不會有問題嗎？」

鈴木皺了一下眉頭。

「不管在哪一個地方，都會有為了錢而不惜賣掉自己一切的人……例如遊民。」

我無法反駁。

「大概需要多久的時間？」

「粗略估計的話，大約兩個星期吧……最遲也不會超過一個月。」

「好的。照片的話我明天就能發給你，這段時間應該足夠預備了。」

「……祝你好運。」

回到住處後，我開始著手準備接下來的事情。最首要的事情，是把一直以來分散在各處、透過卡術賺的錢都轉成能夠套現出來的狀態。話雖如此，我也不可能把所有錢都存到自己的帳戶下。除了金額太大的原因外，為了保險起見還是分成幾種方式比較好。

考慮到目的地是在歐洲的話，把錢放在電子錢包帳戶也是可以的。只要把錢都存到使用我本名的電子錢包內，到時候只要使用自己的信用卡就不再需要現金了。問題是使用我的本名的電子錢包只有一個，而且雖然開設的時間很長，可是從來沒有過巨額的交易。在這之前，我只會偶爾從用作儲金的人頭帳戶把錢轉進去而已。畢竟比起自己的帳戶，經營好儲金用的人頭帳戶比較重要。即使現在才開始建立新的電子錢包，經營也需要一段時間。

不只如此，就連登記在我名下的信用卡也只有一張而已。沒想到一直以來的過分小心，現在反倒成為障礙了。

建立了幾個新的電子錢包後，我又設立了幾個虛擬貨幣的錢包，把一部分的錢轉到裡面，並且申請了扣帳卡。雖然這一部分順利完成了，可是扣帳卡寄到家裡大概也需要兩個星期的時間。我算了一下還未處理的錢，要全部轉到我的名下也至少需要三個月的時間，這已經是在極度樂觀的情況來說了。

假若只算短期生活費，我手上的錢絕對是綽綽有餘。但是考慮到有可能會發生的突發情況，我應該預留一筆錢供千佳逃走。在我認識的人之中，處境最危險的就是千佳了。西野的話，至少她還有從黑木處收到的錢可以在緊急時候使用，而且她一直都是一個人生活，也沒有稱得上重要的人。千佳不但帶著小光，經濟上也說不上充裕，維持日常生活的話還好，可是一旦身陷必須逃亡的窘境就不可同日而語了。想到初川前輩的死，我無法說出跟自己沒有關係這種話，也無法承受再有人被自己連累了。

把目前可以做的事情做好後，我點起了一根菸。熄掉一根後，又馬上點起另一根，有種不管做什麼都無法驅散掉不安的感覺。接下來要想的，就是如何跟西野和千佳說明了。

22

「搞什麼啊你？突然說句要辭職就不再來上班，先不說米村那傢伙——雖然他根本不管就是了，可是你也要考慮一下我的感受吧？」

千佳一邊說著，一邊把我買來的便當分發到桌子上。小光看見盛滿肉的便當後，興奮得不停拍手。

看著這一幕普通不過、宛如家庭劇般的情景，我不由得心酸了一下。一想到這種溫馨的畫面可能因為自己的緣故而變成地獄圖，突然就變得沒有食慾了。

「我之後可能必須到外國待一段時間……」

我避開千佳的視線，看著眼前的便當。我一小口一小口地把白飯送進嘴內，彷彿只是在勉強裝出吃飯的樣子似的。

「終於決定要去荷蘭了嗎？真羨慕呢……恐怕之後我又會變得很寂寞了。」

千佳若無其事地說著，她才幾口就把便當的飯吃了一半。

「不……那個……還有一件事我想跟妳說的，可是不確定現在是不是適當的時候……」

我瞄向小光的方向，千佳露出疑惑的神情。

「說吧，沒關係。」

「我希望妳們離開東京，到別的地方過生活，不一定要到外國……不，或許外國會更好吧，老實說我也不知道。錢方面，我會在離開前給妳一筆足夠的金額，讓妳們至少不用擔心初期的生活。」

千佳把筷子放下靠向我，她已經發現了事情並不單純，我卻連直視她也做不到。

「看著我，到底發生什麼事了？」

「……我不能告訴妳，知道得越少對妳越好。我能說的，就是妳們盡快離開這裡會比較好，外國或鄉下地方是最好的，但至少也要離開東京……」

「你不告訴我發生了什麼事，就擅自決定說我離開比較好？開玩笑也要有個限度！」

她的聲線變得高揚，對未知的事情感到不安並轉化成怒氣。

「所以我說了會留下一筆錢給妳……」

「不是這個問題吧！我可是獨自一個人在照顧小光啊！他上學的事怎麼辦？搬到新的地方我又要怎麼適應？你倒是告訴我啊！」

她突然停止了抱怨，好像想起了什麼似的。

「該不會……這件事跟初川有關係嗎？」

我沒想到她會提起初川前輩。再次聽到他的名字時，內心難受的程度又加深了不少。我不知道應否告訴千佳事實，畢竟她應該也是有權知道的，可是體內有某種東西在阻止我。餐桌上變得沉默，我就連咀嚼的動作也停止了，光是壓制住自己不讓情緒爆發出來就已經很難了。

千佳注意到我的反應，彷彿明白了我正在想的事，身體脫力似地倒向椅背。一股暖流劃過臉上，這才發現自己正在流淚。恐怕我已經到達極限了，用手擦掉眼淚的時候，這幾天好不容易壓抑住的憂鬱如缺堤般崩塌出來，不管怎樣都好了。

「其實……初川前輩他已經……」

「別說出來！」

千佳大吼，把我和小光都嚇得頓了一下。可是也幸虧她的聲音很大，我得以從那股悲傷的泥濘脫身，把思緒拉回眼前的飯桌上。

「我吃飽了。」

注意到氣氛不對勁的小光恭敬地向我道謝後就回到自己的房間，多麼成熟的孩子，比起懦弱的我可敬得多了。

小光把門關上後，客廳的氣氛變得弩張劍拔。我們都沒再碰過那份便當，我拿出菸點起來，好像這樣能使氣氛降溫似的。

「……你說會留下一筆錢給我們，是指多少？」千佳的聲音中夾雜著怒意，還有隱約的無助。

「五百萬……不，一千萬日圓左右吧。這個數目的話，我也比較不會擔心你們。」

千佳露出難以置信的表情，好像忘了自己直到剛才還在生氣。

「沒想到駭客真的能賺這麼多錢……」

「我需要兩個星期左右準備……妳就趁這段時間跟小光計畫一下之後的事吧。」

我把菸灰缸拿到手邊，把菸按熄。

「可是即使你這麼說，我根本不知道要做什麼不是嗎？別再說不負責任的話了，至少讓我知道自己的狀況……我是被什麼危險的人盯上了嗎？」

千佳降低了聲量，不知道是因為無意識中的恐懼還是顧慮到房間內的小光。

「說實話我也不知道。可以確定的是，不管妳去哪兒都比留在東京安全。這件事請妳跟小光好好商量一下，決定後也不要告訴我地點。」

千佳變得緘默起來，恐怕對她來說一時之間難以接受吧。神代是一種厄災般的存在，即使什麼都還沒做就已經讓我和身邊的人處於極度的危險之中。

「那麼這兩個星期我該怎麼辦？被你這麼一說，根本不可能裝沒事繼續工作吧，結果連我也要辭職啊。還有小光上學的問題……麻煩的事情好多啊。」

「……對不起。」

我打從心裡向千佳道歉，已經忘了上一次有這種感覺是什麼時候的事了。

「雖然無法保證什麼，但以防萬一請妳在這段時間帶著這個吧……」

我從背後把槍拿出來放到桌上，千佳瞬間變得面色蒼白，彷彿這把槍將瀰漫在客廳的恐懼感具體化了。

「雖然這麼問或許有點多餘……但這是真的吧？」

千佳的嘴唇不自覺地抖動著。我微微點頭，她又誇張地把頭倒仰向天。

「惹上了很麻煩的事呢……我還以為在擺脫小光的父親後人生就能回到正軌，結果卻變得更不得了……」

她似乎已經接受了這件事，僅僅是在抱怨。但是從她口中說出的每一句話，在我聽起來也成了對自己的控訴。

我把手槍的用法教了她一遍。把手槍給了千佳的話，我就失去了應對危機的手段，可是考慮到既然神代的目標是我，由千佳拿著這把槍會更適合，畢竟她還要保護小光。要是神代要殺我的話，恐怕即使我有槍也不會起到作用。更重要的是，把槍交給千佳能夠稍微減少我的內疚感。

「即使遇上危險時，我也沒有自信能對別人開槍……」千佳說。

我也是。我沒有說出這句話。如果連上戰場的士兵也無法輕易開槍的話，更何況是像我們的一般人。連對著神代也無法開槍的我，十分理解千佳的感受。

「這一點我也明白……但也總比沒有好吧……就當是為了小光，請妳做好有必要時開槍的心理準備。」

我曾經想過要是有機會再見到神代，下一次就必須開槍殺掉他，可是很快就意識到這只不過是自我安慰的藉口而已。從他上次離開前露出的無趣表情看來，恐怕即使再遇上他也不可能有這樣千載難逢的機會了。

千佳盯著手槍看得出神。跟我不同，她有必須保護的人，一個不惜賭上性命的人。如果是為了小光，或許她能夠跨越那道分隔開普通人的界線，即使之後會墮進地獄也毫不猶豫。凝視良久後，她把槍放到桌子，一口氣把剛才還未吃完的便當吃清光。她的目光變得堅定無比，從我的菸盒中拿了一根菸點起，徐徐吐出煙霧。

要離開千佳的家時，我的步伐變得很沉重。一旦再次走到外面，總覺得自己就像置身在無處不在的危險之中，宛如無時無刻都在看不到盡頭的鋼線上行走。從來沒想到世界會變得這麼駭人，可是事實上這才是它的本質，世界本來就是一個危機四伏、由無數惡意交織而成的集合體，只是大部分人都沒有察覺到而已。

「不要死啊。」

千佳聽起來像是玩笑話似的說法，此刻變得異常真實。我勉強裝出微笑並關上門，再次踏入寒風刺骨的大街。不知從何時起，混在人群中已經無法再使我感到安心了。

23

比起千佳，面對西野的時候使我更加苦惱，不知道該如何向她說明。

我們坐在固定見面場所的酒吧。明明是我主動約她，可是卻毫無頭緒，一直說著沒意義的話題。

「……我辭職了。」

「東條先生最近有什麼煩惱嗎？」

「只是突然覺得沒有幹勁了……」

「我不是說工作上的事，你今天應該是有什麼話想說吧？」

「咦？」

「我說對了吧？來到之後你就一直心不在焉的……儘管說吧，不管是什麼事情我都不會介意的。」

「還是被發現了。話雖如此，可是我也不知道該怎麼說明……」

我喝了一大口威士忌，猶豫著該如何說明。該告訴她關於卡術的事嗎？雖然被她知道也沒關係，可是我不知道該透露到哪種地步，她要消化的資訊太多了。

「……是交了女朋友嗎？」

「咦？不，才沒有這種事情……」

西野好像鬆了一口氣似的，不明顯地淺笑了一下。

「還以為你一定是交到了女朋友，打算跟我說清楚並從此斷絕關係呢。別看我總是一副若無其事的樣子，即使已經有過很多次分別的經歷，可是面對這種事情還是會感到沮喪的。」

「不，妳想多了……只是因為這件事有點難以置信，我正在煩惱該從何說起而已。」

不知為何聽到她這麼說後有點高興。我鼓起勇氣，徐徐把自己的過去告訴了她——關於卡術，還有自己正被危險人物盯上了的事情。就連向來冷靜優雅的西野也張大嘴巴露出驚訝的表情，但不知道因為我是卡術師，還是因為猶如虛構電影般的情節。

「……真的嚇了我一跳呢。雖然早就覺得東條先生跟普通人不同，可是我沒想到……。」

「不，那並不是什麼值得驕傲的事。」

雖然能夠賺取可觀的金錢，可是不了解的人才會認為卡術師有著過人的能力。我認為卡術師的性質跟會計師有著相似之處，而且風險和辛勞程度也高得多。相比起來，每天只需透過電腦進行交易，在辦公室坐到下午就能穩定賺到巨額金錢的金融業人員聽起來實在是好得太多了。

「所以你的意思是說，你因為那個……卡術的緣故惹上了危險的人，可能會連累到身邊的人，因此希望我離開東京？」

「可以的話，最好直接到國外會比較安全……雖然還未確定，或許之後我也會到國外待一段時間也說不定。」

「這樣啊……」

西野看起來並沒有特別不安，彷彿只是工作上出了點小差錯而已。

「那麼我也跟你一起逃到外國吧。」

「咦？不行不行，妳明白我在說什麼嗎？被盯上的人是我，待在我身邊只會讓妳更加危險而已。」

西野突然噗一聲笑出來，顯得緊張的我很奇怪。

「不好意思……看見你這麼緊張的表情突然覺得很有趣，一不小心就忍不住……」

「我可不是在開玩笑……」

「我知道。不過本來雖說只是想捉弄你一下，可是仔細想想的話，或許這樣也不錯……」

「我是非常認真的，這是猶關性命的事情。」

為什麼她可以這麼冷靜？擔心的我就像個笨蛋似的。她瞥見我的表情後，收起了笑意。

「我當然明白。在東條先生眼中，或許我看起來沒有認真看待，但並不是這樣。只是……該怎麼說呢？最初聽到的時候雖然很震驚，可是仔細想想其實我也沒有什麼可以做的事情不是嗎？東條先生因為是男人，遇上危險時或許還能做出最起碼的抵抗，可是像我這種手無縛雞之力的女性，基本上是任人宰割吧？既然如此，再多想也沒意義了……再說，難道要一直處於擔憂的狀態來生活嗎？生活畢竟還是要過的，真的發生什麼事的話，到時候再想辦法就好了。」

我啞口無言，但另一方面又有點認同她的說法。神代出現之後我不管何時也緊張兮兮，提防著身邊的一切，精神狀況也極為惡劣。雖然不可能像西野那樣淡然，但我不是早就明白了半吊子的抵抗根本只是徒勞嗎？但是即使接受了這件事，難道我應該像她那樣不作出任何反抗，直至命運找上自己嗎？

「難道妳就沒有想過抵抗嗎？雖然我也知道能夠做的事情極其有限，但也不能視若無睹吧？」

我的情緒變得激動起來。並非針對西野，只是抑壓已久的無力感碰巧在這個時間點釋放了出來。在千佳面前的我，為了不讓她更擔心而不得不擺出堅強的姿態，可是這份逞強被西野的從容輕描淡寫地融化掉了。她的表情添上了一份淡淡的哀傷。

「事實上我也很難過……因為自己無法幫助你。上次說過了吧？由受到父親的詛咒那一天開始，我就一直處於不知道自己什麼時候會死的陰霾中……我就是這樣子生活到現在的。雖然這麼說或許對東條先生不太好，但對我來說只不過是又多了另一道詛咒而已。

即使某一天我死了，大概也會是在不理解原因的情況下被殺吧。到了那時候，這些事情就統統都變得不重要了。被父親殺掉或是因為你而被殺，根本不存在任何分別，死了就是死了。對於父親的詛咒，至少我還能藉由故意剝削自己的幸福來逃避，可是東條先生說的，不管怎樣努力也無法確實避免不是嗎？那是一種蠻不講理的、躲藏在幽暗角落裡的暴力不是嗎？要是這樣的話，與其無時無刻在擔憂被它吞噬，我寧可忽略它來讓自己盡力活得快樂。能夠活到現在，對我而言已經是超額完成了。

至於你說要抵抗，或許我並不是這類型的人吧。我既沒有想過，也不知道要怎麼做。硬要說的話，真要被殺掉的時候，我會盡力保持平靜的表情來迎接死亡吧。不讓對方從殺掉我這件事中得到愉悅，直視他的眼睛，把對他的藐視利用最後的氣力表現出來，這就是我的抵抗方式。」

我忍不住笑了出來，這種方式確實很符合她的風格。看到我露出笑容，西野似乎很高興。

「而且剛才說的也有一半是認真的。我並不介意跟你一起逃到外國去……當然也要東條先生願意呢。雖說或許會讓處境變得更危險，但從另一方面來看，至少也有你會保護我不是嗎？再深入一點來說，要是一輩子都處於這種隨時死亡的危險中，不就表示我永遠都無法得到幸福了嗎？這麼說好像很奇怪，但彷彿是藉新的詛咒抵消了之前的詛咒……」

我放棄了。看來不管我怎麼說，她也不會改變自己的看法。不過幸虧她這麼樂觀，我也比之前安心了一點。

「妳把我看得太理想了。妳曾說過吧，我是那種無論如何都要保持著最低限度的理性的類型……真的有事的時候，說不定我會就這樣拋下妳獨自逃走呢。」

「即使是這樣也沒有關係……畢竟我們並沒有在交往吧？」

她給了我一個輕佻的鬼臉，我更確定自己說不過這個女人了。

「那麼，今天還上酒店嗎？」

這一晚的性愛，比起之前的每一次加起來都更加激烈。

我們就像打破了兩人之間透明的牆般，毫無保留地渴求著對方的身體。就連恍惚感也消失了，我享受著每一刻跟她的歡愉過程，注意力沒有從她的身上移開過。

「我說，今晚應該可以吧？」身下的西野突然喘著氣說。

「你指的是？」

「從此以後，我們每一次做愛也可能是最後一次不是嗎？現在你應該能體會到那種感覺吧？不知道什麼時候會死，或許就是下一刻的心情……難道你不想在死之前嘗試一次到達『極樂』的性愛，體驗一下那種能夠一輩子都記住，甚至在死前還會回想起來的快感嗎？可以啊……既然現在我們都是受了詛咒的人，何不一起在死前把對方弄得亂七八糟，連精神的自我也變得支離破碎呢？即使會變得支離破碎，我也想把每一塊碎片都交給你……來吧。」

有某種東西破掉的聲音。很久沒有聽過這種聲音了。視線變得狹窄，眼前的西野越來越朦朧，我宛如野獸般吻她的嘴唇，吸吮她的舌頭，侵凌她的身體。不管怎樣也不足夠，我甚至無法確定自己是否已經到達高潮，彷彿每一刻都處在高潮似的。

這或許是死前最後一次做愛。要是這樣的話，不管我怎樣亂來也會被原諒吧？體內出現了一種至今為止的人生都只是為了這一刻的感覺。我死的時候也會勃起成這樣嗎？我彷彿感到西野的自我已經消散在空氣中，眼前剩下的只有她的肉體。不，那並不是「西野的」身體，而只是一個身體而已。不屬於任何人的，僅僅就是一個身體。而我正在利用這個稱為「身體」的容器把所有的自我傾盤而出，宛如要在死前留下自己曾經存在過的證據一樣。

再次回復意識的時候，我花了好幾秒才想起自己為什麼會在這個地方。我忘記了自己是何時、又是怎麼到達高潮的，就像那個瞬間刺激得要是成為記憶就會把大腦澈底破壞掉。西野抱著我的手臂，露出非常滿足的笑容後，猶如突然失神般睡倒了。肉體仍殘留著難以言喻的快感，強烈得就連慣常的抽菸習慣也會打擾這道興致。

不知為何，我有種神代的虛象一直在這個房間看著我們，並且因為我體驗到這種快感而不懷好意地笑著的錯覺。

24

再次見到神代的時候比我想像中來的更快。就在我拜托鈴木弄假護照後的一個星期，一個從未見過的男人無預警地按下我家的門鈴。那個男人又高又壯，雙手交叉放在下腹的他看起來就像電影明星身旁會出現的保鑣似的，一看就知道並不好惹。我把大門旁邊的安全鎖扣上，只打開一道縫隙。

「是東條先生嗎？」

「……有什麼事嗎？」

男人不等我說話就直接說道，他的聲音沙啞得像是患了絕症、奄奄一息的老人。

「我是受神代先生的吩咐，帶你去見他的。」

「……我不認識你說的人。」

「請你準備一下。車子已經準備好了。」

男人無視我的回答，維持同樣的姿勢站在原地。我嘆了一口氣，回到房間裡面換衣服。出乎意料地，我並不感到特別恐懼。或許是因為早就知道終有一天會迎來這個狀況，我寧可早點結束這件事。

換衣服的時候，我突然又想起了那把手槍。要是真的會見到神代，或許還是把它帶在身邊比較好。可是這個想法很快就消失了，畢竟我已經把它交給千佳了。

我打開門跟隨那個男人走。直到上車前他一直站在我的後面，渾身散發著令人不舒服的壓迫感。

我坐上了一輛外國的進口車，男人把車子駛向暗黑一片的街道上。我想像他會駛到某個杳無人煙的山頭，乾脆地向我連開數槍，然後木無表情地離開。我被自己的想像嚇得開始顫抖，可是如果這個男人打算殺我的話，根本沒必要這麼麻煩。車窗上貼了不讓外面的人看見裡頭的黑色貼膜，意味著不管車內發生什麼事，外面的人也不會知道。我故意點菸好讓自己有理由打開車窗，男人看起來沒有任何反應，頭也不回地望著前方繼續駕駛。

「那個叫神代的是什麼人？」

男人不發一語，就像完全聽不到我說的話似的。

「這不是很奇怪嗎？突然走到別人家說要帶他走什麼的……至少告訴我原因吧。」

「東條先生，」

男人放在方向盤上的手依然很穩定，就像兩者融為了一體似的。他的手粗壯得連裡面的血管也清晰可見，要是這雙手認真起來，恐怕瞬間就能把我的頸扭斷。

「我沒有義務要回答你的問題。那位先生吩咐我把你帶過去，我只是照做而已。除此之外，我跟你就沒有任何關係了。另外，那位先生也沒有吩咐我需要善待你……因此可以的話，希望你能夠安靜地合作。」

男人連後鏡也沒有望過一眼，冷冰冰地把話說完。我不再說話，把抽完的菸蒂隨手一彈，它馬上被呼嘯而過的風帶走。

我們在一家華麗堂皇的飯店前下車。這棟飯店乘電梯的時候必須先刷卡才能按下所屬的樓層，我們前往的地方是頂樓。步出電梯的時候有一面玻璃門，必須在旁邊的刷卡機再刷一次卡才能進入。這就是軍火商人會住的地方啊。我不禁這樣子想道。

玻璃門打開後，眼前出現一條長長的走廊。雖然走廊很長，但兩側各自只有三道房門，恐怕這些就是這所飯店最高級的房間了。除了兩側的房間外，走廊的盡頭還有一道獨立的門。

「走廊盡頭的那個房間。」

不知道為什麼，在那個男人告訴我前就已經有這個預感。來到門前的時候，男人先按了按門鈴，門後傳來一聲模糊的聲音。即使無法聽到他說了什麼，我也認得出那是神代的聲音，這段期間一直迴繞在耳邊的聲音。

「不好意思，進去前請先讓我搜一下身上的東西，失禮了。」

男人逕自開始搜查我身上的東西。想也知道這是理所當然的事，果然即使把槍帶來了也不會有任何幫助。他簡單地檢查了一下我的手機，確保沒有偷聽器之類的東西後就還給我，然後把門打開。

房間內的照明很昏暗，可是大型的環狀玻璃窗彷彿把整個城市的燈光都吸進了房間內似的，讓人產生一種露天空間的錯覺。暗綠色的地毯有著幾何圖案的花紋，幾個角落處都放了觀賞用的植物，右側的牆上掛了幅巨大的抽象畫作，看起來只不過是把一堆陰沉的顏色毫無規律地灑上去而已。房間後方的空間放著一看就知道是用高級材質製造的桌椅，桌椅的前面是茶几和黑色的沙發，神代晃一正慵懶地坐在沙發上，宛如望著外面的夜空看得出神了似的。

「……可以了，你先回去吧。」

站在我身後的男人似乎對這個指示感到有點疑惑，可是很快就微微鞠躬，沒有發出腳步聲地離去了。

男人離開房間後，神代轉過來用眼神示意我過去。我努力使心臟不要跳動得那麼快，房間中充滿了不知從何來又交集在一起的影子。我坐到神代對面的沙發上，等待他開口。

神代穿著有領的運動休閒服，富有彈性的黑色運動褲子一看就知道質料很昂貴。房間內的空氣很乾燥，我注意到茶几上放了神代的二十面骰子，不禁打了一個冷顫。

「……我的心情很憂鬱。」

神代指一指玻璃窗外面的城市夜景。

「人類明明有能力建立這麼宏偉的事物，但卻總是把精力花在其他無聊的事情上面……你不這麼覺得嗎？」

我沒有回答。跟上次在我的家時不同，現在的燈光讓我終於能夠看清楚神代的輪廓。他的皮膚曬得黝黑，眼神冰冷而混濁，無法從中解讀出任何的感情。他好像絲毫不在意我的想法，逕自繼續說下去。

「不過也因為這個世界總是一團糟，像我這種能夠忍受的人才能過上體面的生活……這也是不爭的事實。我說過我是個軍火商吧？這個世界早就病入膏肓了……我只不過是順應著這道潮流，滿足人們的慾望來賺錢而已。戰爭是一門大生意，有戰爭的地方就有大量金錢流動。歸根究底，你有想過戰爭的本質是什麼嗎？」

「……掠奪。」

不知為何，我小聲地說出了心中所想的。神代的眼睛出現了一點光澤，似乎因為有人會和自己討論這種問題而高興。

「不錯的答案……戰爭的本質就是利益。只要深入調查，就會發現世界上發生過的每一場戰爭背後都有利益存在……不管是經濟、政治甚至宗教上的利益都有，當然最主要還是經濟上的。歷史上沒有任何一場戰爭是因為所謂『正義』而發生的，那些只不過是政治家用來打發民眾而使用的藉口而已。

每一場戰爭背後都有數之不盡的利益……比如說要是非洲小國發現了石油的油田，不是經常無故出現佔據油田的叛軍之類的人嗎？就是因為當中有利益的存在。這麼說吧，假設某個大國看上了那塊油田的開採權，可是小國的國王並不同意這件事，因為他想藉著這個難得的機會來使自己的國家經濟發展起來，這個時候會發生什麼事呢？

大國為了得到那塊油田，會把當地的反政府人士組織成叛軍，或是收買有一定勢力的地方宗教團體發起聖戰，甚至乾脆僱用傭兵來佔據那塊油田。一旦事情激化到某個地步，那個時候大國就會在自己的國家宣揚小國的國王是多麼的暴戾，又是怎樣壓榨自己的國民……總之就是要把他塑造成無惡不作的大惡人，好讓自己有合理的理由作出軍事支援。

當大國開始作出軍事支援的時候，就輪到我這種人出場了。現代軍事大部分已經民營化了，雖然理論上他們不可以作為軍隊直接參與戰事，只能為士兵提供支援——糧食、武器，或是負責把士兵運送到戰場和作出軍事訓練、戰術指導等等——但是偷偷加入到戰場的例子也不少……畢竟政府根本不管，只要他們身上沒有制服或任何可作記認的標誌，也就沒有證據證明他們是屬於哪一方的勢力。

另一種做法是，一直待在幕後操作，直到時機適合才站上表舞台。要是僱用當地的人就足夠打敗政府軍的話，就連軍事支援也不需要了。大國會暗地裡販賣先進武器予當地的叛軍，以區區小國政府軍的戰力不一定能夠抵抗，甚至還會遭到崩盤式的敗戰，最後連國王的政權也會被推翻。這種結果是大國最樂於見到的，因為這個時候他們只需宣告為了平亂就能大義凜然地派遣軍隊到當地，而且通常不消一會就能解決一切問題——畢竟叛軍從一開始就是他們僱用的。

大國解決了戰亂之後，彷彿理所當然地，大國的公司就會得到那塊油田的開採權。當然他們也不會做得這麼明顯，為了不招來他人的閒話，也會把一小部分的利益分給小國的新政權，把這件事說成像是『雙方共同合作發展』般美好。但是不用我說也該知道吧？最終的大部分利益，全都會被大國收歸其中。」

神代走到冰箱處，從裡面拿出了一瓶上等的威士忌。他從櫃子上拿了兩個杯子把酒倒進去，每做一個動作都會使牆上的影子動起來。

「我記得你喜歡的是威士忌吧？」

他一邊把杯子放到我面前一邊說。就連這一點都被他知道了，可是我已經無力在意這種事了。

「……為什麼要對我說這些事情？」

「沒有特別的理由……只不過是心血來潮罷了。硬要說的話，是因為覺得那些盲目相信顯而易見的謊話的人很可悲吧……說實話，我從來不認為自己是個特別的人，即使在踏入過神的領域之後也一樣。

這個世界是環環相扣的，而使這個巨大齒輪持續運轉的最大動力，就是金錢。每個人都是當中的一個小部件而已，沒有誰特別重要，也沒有說少了誰就不行。理解了這一點，就會知道根本沒有令世界變好的辦法……只要有戰爭就會有龐大的利益衍生出來，而這份利益會被很多很多人共同分享。不管是像我這樣子的軍火商人、負責石油開採的大國公司、還是承包戰後重建的建設公司，甚至是去救濟飽受戰爭摧毀的當地人的非營利組織都好……每個人都扮演好自己的角色，從中分一杯羹。

戰爭完結後也會有利益，亦因為有利益才會出現戰爭。人類的歷史上，只不過是不斷重現這個輪迴罷了。諷刺的是，世界上有太多搞不懂這一點的人了。這些人總以為在世界的某個角落裡，會有一個躲在黑暗的房間內，一邊撫摸著白貓一邊用變聲器下指示，類似電影中那些待在幕後的終極大反派存在。倘若真的有這種人存在，世界倒是還有點希望，畢竟只要把這個人解決掉就好了。

可是現實並不是這樣。真正的巨惡，是由眾多的人聚集起來才能形成的。在腐敗的系統裡面，每一個參與在其中的人也無法置身其外，即使不願意，但只要身在泥濘之中就無可避免會沾上污垢。在巨惡之下，即使其中一個部分得到了修正，替代的部件也會由於整個大環境的腐敗而變質……問題是不可能澈底修正的。至於批評人類貪污腐敗這種事，其實就跟抱怨烏雲會下雨沒有兩樣——這就是它本來的樣子，與其批評它，倒不如趕快找把雨傘擋雨。」

「……聽起來你只不過是在為自己辯護。」

神代忽然大笑起來。

「辯護？像我這樣子的人？別說笑了，我根本不在乎這種事。即使沒有我，也會有別的人代替我去做正在做的事，只不過剛巧這個人是我而已。再多告訴你一件事吧，說完後我就會告訴你需要辦的事……你應該還記得吧？話說得太多，害我都差點忘記了這件事。

某個政權已經垮掉的歐洲小國，在它本來的政權被推倒前有著前所未見的貪腐風氣。嚴格來說，那已經不能說是貪腐了，先進國家所說的貪腐，可能是指當中百分之十至二十的人，但要是一個國家的貪腐人口達到百分之九十以上，那就已經算是體制了。

從他們的醫療體制中，可以看出整個國家的腐敗縮影。在那個國家，憲法規定了接受醫療這件事是免費的。雖說是免費，但實際上國民卻需要為一切付錢。醫生的薪水微薄得可怕，只有大約二百美元左右的月薪，根本不足以養活家庭。儘管如此，平民卻十分感謝治療他們的醫護人員，因此會贈送糖果或酒給他們。那些並不是賄賂，而是真心的禮物。但是久而久之，這種方式卻成為了一種規範。醫生們發現自己掌握著病患的生殺大權，於是就轉為接收真實的鈔票了。因為要是不付錢醫生就會拒絕治療，人們也不得不遵從這個不成文的規定。

為什麼醫生的薪水會這麼低廉呢？那就必須說到政府的醫療預算上面了。外國的大型製藥廠為了得到這個國家的訂單，會向他們的官員行賄，好讓自己的公司取得國家健保體系的生意。這種事情也不只有一兩家公司會做，而是大部分的公司都會——畢竟要是你知道自己的同行競爭對手這麼做的話，要跟他們對抗也只能做同樣的事了。

最後成功獲得訂單的公司，政府官員會以高於市價一截的價錢向他們購買藥物和醫療用品，除了大部分給予醫療公司，也有一部分是之後作為回扣，再次進到官員自己的口袋中。也因為這個緣故，實際運用在國家的醫療預算可說是少得可憐。除了導致醫生的薪水減少外，還導致了醫療用品的不足。

醫療用品不足的話，即使有醫生也無法為全部病患好好治療。為了接受良好的治療，病人又不得不自己掏錢購買醫療用的藥物。當然，醫生們又會從中多收一點好讓自己賺得更多。聽起來很不可思議吧？但是一旦這種體制成立了之後，就連病人的看法也會跟著改變。儘管也會抱怨醫生要求的報酬太昂貴，但更多是說服了自己接受這種體制，認為『畢竟醫生也是人，也需要生活，也需要很多東西』。

或許你會想，那麼把整個體制推倒重來不就好了嗎？那個國家的政權垮掉後不久成立的臨時政府，由革命份子中一個懷有滿腔熱誠又有野心的男人成為了衛生部長。他想像了一個極高透明度的醫療體系，打算從根源開始改革。問題是，人們不會因為他要改革系統，就不再去醫院看病。他試圖改變運作方式的同時，醫院還是要繼續接收病患、發放藥物和維護設施。也因為這個緣故，他不得不直視最大的麻煩：大部分的人已經習慣了過去的系統，不願意作出改變。

那個男人只待了半年就被逼下台了。雖然每個人都說著已經準備好改革，但那只是限於不會影響到自己的部分而已。他被逼下台後的幾個星期內，衛生部就完成了大部分他之前拒絕的採購項目——也就是再次回復到以前的體制。在那一刻，他明白到單憑自己或是少數人的力量，是永遠不可能改變整個體制的，因為真正想作出改變的人少之又少。」

神代絮絮叨叨地說著的時候，我想起了鈴木說過的，關於腎臟買賣的事。雖然好像每個人也只是扮演了一個微不足道的角色，可是實際上卻形成了整個惡的體系。而且在這種體系中，無法指出任何一個身處中心根源的人，因為每個人的行為都做成了某程度上的影響，使得整個惡意的河川徐徐流向更大的汪洋裡。

「……說完了吧？那就告訴我有什麼要做的。」

「你真的很沒有耐性呢。」

「本來我就不想跟你扯上任何關係。話說回來，今天不擲骰子嗎？作為我傾聽完你的長篇大論的回報，或許骰子會要你就這樣放我回去，當作從來不知道我這個人也說不定吧？」

雖然我只是隨口說說，但神代也笑了。

「……但圖騰也可能要我殺掉你不是嗎？」

我緘口不語，一陣寒意湧上全身。

「說笑而已。我說過了吧？圖騰決定了的事就是絕對的，換言之你只能乖乖做好我交代的事，沒有別的選擇。」

「……那就趕快告訴我吧。」

神代把一個文件夾拋給我。裡面是一個男人的各種個人資料，連信貸報告和銀行帳戶的紀錄都有。

「這個男人是一個政治家，預計會參選即將舉行的某場選舉。因為某個原因，我不能讓他選上……因此，我需要他出現一宗醜聞。本來這種事情並不困難，偏偏他就如外表般正直老實……我甚至派了個十五歲的少女去色誘他，他也無動於衷。因此，我要你做的事情很簡單，就是把一筆錢轉到他的帳戶內，當然那筆錢是要來歷不明、一看就知道有可疑的錢。至於金額……就一億日圓吧。」

「什麼！」

我驚訝得咆哮了出來。神代完全無視我的反應，繼續自顧自地說下去。

「群眾都是很有趣的生物……會因為發生跟預期不一樣的事情而做出過大的反應，就跟你現在一樣。這個迄今為止正直得過分的男人，一旦被發現有可疑的金錢交易，即使毫無實際證據證明他有參與任何不法的事情，國民也會馬上一百八十度地改變自己的看法。這就是群眾，明明是自己一廂情願抱有好感，卻又會因為一點小事而覺得被背叛……不過也多虧了這些愚昧的人，才使得我們辦起事來事半功倍呢。

不過，這並不代表你不需要在事成後把證據交給我。至於時限……給你十天吧。十天之後，你要把這宗交易的證據交到我手上，而且不可以被這個人發現，這一點應該不用我說你也知道吧。他絕對不會想到有人為了陷害他，而故意把一筆大錢轉到他的帳戶。」

「不對，等一下……這根本不是我的能力範圍內做得到的事。先不說那一億圓從何來，要不被他發現也太強人所難了吧？」

神代露出了無趣的表情，跟離開我家的時候一樣。

「辦不到也得辦到……我上次就說過了吧？雖然我也預備了好幾種替代方案，可是你成功的話，我也能夠省掉許多麻煩……所以就是這麼一回事。你失敗了的話，我也只好殺了你和你身邊的人……總而言之，就是這樣了。」

「至少你也應該提供協助不是嗎？這件事對你來說應該也很重要吧？」

他不耐煩地把酒杯放到嘴邊，把杯中的液體一飲而盡。

「不要再說這種會讓我降低對你的評價的話了……你是小孩子嗎？你該不會不明白這個社會的運作法則吧？我勸你還是趕快好好著手準備吧，剛才那個男人應該還在下面，你就坐他的車回去吧。」

神代說完後就不再說話了。他又倒了一杯酒給自己，好像已經完全忘記了剛才說的所有事。我站起身向房間的門口走去，心中充斥著焦慮。

25

神代指定作為目標的那個男人，名叫高橋晉介。他今年五十三歲，有著圓圓的臉龐和堅定的眼神，額前的頭髮雖然開始有稀疏的跡象，卻是那種看起來很可靠的大叔類型。根據網絡上搜尋到的資料，他出身自鄉下地方，當初抱著想成為漫畫家的夢想而來到東京。本來一直只是在麵包工場打工的他，二十八歲時透過學長的介紹而擔當起一位議員的秘書，從此開始了漫長的政治生涯。

因為出身自真正的鄉下，高橋當議員秘書的日子，跟地方的居民打下了良好的關係，甚至可說是因為他，那個議員後來才能當選地方市長。認識他的居民都對他有著極高的評價，認為與生俱來的正直是他身上最難能可貴的特質。即使在不是接近選舉的日子裡，他也不時被媒體拍到為了地方建設而不遺餘力地付出。可以說，他是政壇中極罕有的清泉。也正因為這一點，他被視為下一次的東京都知事選舉的大熱候選人。

可是得知這些事情對我並沒有任何幫助。眼下最重要的事情是必須辦妥神代的要求，而我只有十天的時間。雖然神代交給我的文件中有著關於高橋詳盡的個人資料，但問題是我現在要做的事跟平常完全相反——並不是要在對方身上盜走金錢，而是把不法的錢交給他，還要神不知鬼不覺地。光是從哪兒找來一億日圓這個問題，就已經令我非常頭痛了。即使我能夠把在卡術上得來的所有錢都套現出來，金額還是遠遠不夠。

第一個浮現在腦海中的想法，是趁這段時間把所有能轉到自己帳戶的錢都轉過來，然後趕緊逃走。可是這麼一來，神代就會向千佳和西野下手。接下來想到的，是請鈴木替我偽造成功轉帳的證據交給神代以爭取時間，可是既然神代連高橋的帳戶紀錄也能得到手，要識破偽造出來的證據可謂輕而易舉。我也曾想過以空頭支票的方式製造出入帳紀錄的做法，可是這就跟偽造證據的方法一樣，還會更快被識破。我甚至考慮過向警察求助，但先不論自己就是犯罪者，我根本不知道該如何向他們說明，畢竟我連聯絡神代的辦法也沒有。

換言之，除了確實地思考如何辦到，我沒有別的選擇。這件事的關鍵是金錢的來源，還有如何才能不被高橋發現。除了金額外，那筆錢的來源還必需要來自可疑的地方。所謂可疑的地方，也就是說要讓平民一看就覺得有問題的公司或是組織。

相比起錢的問題，要不被高橋發現可說更加困難。即使高橋不會無故檢查自己的銀行帳戶，突然有一筆來路不明的巨額金錢轉進他的帳戶，恐怕銀行一定會通知他。何況以現在的科技，他馬上就能從手機得知。最重要的是，我無法確定他會不會知道。

我從抽屜內找到了之前剩下的鎮定劑，二話不說吞下了兩片。

十天之後我就會死嗎？頭痛欲裂，我很想大叫出聲，但把衝動抑止了下來。我從沒想過會真正面對死亡這件事。我想打電話給千佳叫她馬上逃走，也想約西野出來，在她面前盡情大哭，然後跟她做愛到忘我的境界。反正我已經是一個快死的人，不管做什麼也可以吧？

不能就這樣放棄，即使要放棄也不是現在。藥力開始發作，我總算能夠冷靜地思考。

一億日圓的問題只能暫時不去想，不然光是糾結在這一點會變得沒完沒了。至於令那筆錢變得可疑，這件事倒是不難解決。由於神代的要求是「要國民一看就認為很可疑」，因此只要在那筆錢上鋪上多重的偽裝就可以了。要是那筆錢從一個可疑的地方直接轉帳到高橋的戶口內，這件事本身才更加奇怪，真正的行內人是不可能這樣做的。既要讓國民一看就覺得可疑，但也不能搞得太複雜，因為所謂「群眾」就是從來不會深入思考的生物。

在歐洲有很多被稱為「洗錢天堂」的小島，因為經濟主要是靠替有錢人保管金錢或是設立空殼公司來維持，他們的法律被設定成對擁有公司的人極為有利。為了保障商人的「私隱」，他們不但敢於拒絕來自大國的調查協助請求，有些地方的法例甚至沒有規定在當地開設的公司需要保留公司過往的文件。雖然並不是說只要把公司設立在這些地方就絕對能夠隱瞞金錢的流動，但如果只是要使一般民眾起疑心的話這種程度就足夠了。

我發了簡訊問鈴木能否在那些地方開設空殼公司。他很快就回覆了我，說只要一天時間就能辦好，還能附帶公司的銀行帳戶，另外又告知我護照能夠在一個星期後到手。

要如何不被高橋發現銀行帳戶多了一筆來歷不明的錢呢？唯獨這個問題不管怎麼想也覺得不可能。我拿出高橋的銀行帳戶紀錄細看，雖然他在三家大型銀行也有帳戶，可是乍看之下並沒有任何可疑的交易。正如神代和世間對他的評價一樣，高橋是個難得的正直人。

由於信用評價良好，即使是一億圓的金額，如果收受的人是高橋的話應該不會惹起銀行的懷疑，可是這件事對於要不被他發現這一點並沒有幫助。不管是一億圓的來源還是不能被高橋發現這件事我都想不出任何辦法，實際上也就代表我沒有解決過任何問題。

躺到床上，輾轉反側也無法入睡，只能眼睜睜地凝視著天花上的可怕影子。那些影子徐徐地蠕動著，我想起了飯店房間中，隨著神代的動作而移動的影子。不知道是因為藥力的效果，還是意識到自己的生命可能快將結束而想把握活著的一分一秒，我直到快要天亮時才總算稍稍有種睡著的感覺。

26

我只睡了兩小時就起床了，感覺就跟沒有睡過一樣。我盯著旁邊的手機螢幕良久，彷彿在等待突然有人發簡訊告訴我解決方法。人一旦被逼到末路，就會對各種可笑的事情抱有希望，即使是不可能發生的事也會像救命稻草般緊抓不放。

連食慾也沒有。我隨意按下筆電鍵盤上的鍵，不知為何久違地瀏覽了色情網站。就像想盡力逃避神代的任務似的，我渴求著任何能刺激大腦的事物。觀看了幾部感興趣的影片，有種力不從心的感覺充斥在體內，不管怎樣也無法變得興奮起來，結果不夠十分鐘就把色情網站關掉了。我檢查了抽屜內的藥物數量，思考著乾脆在被殺前把它們全吃光。反正都要死，何必浪費呢。

醒過來後，生存意欲大大減少了，明明睡前還想著不能放棄。壓力似乎已經超過了精神上能負荷的極限，總覺得隨著時間的流逝，我的身體也在逐點凋零。生存意欲在洗澡的時候隨著水流流進排水口；排泄不是為了把體內的毒素清除，而是把生命排出體外；流汗則是構成我的物質意識到這具肉體的大限快到，爭相逃出去尋找新的宿主。

跟神谷見面後還不夠二十四小時，我就放棄了活下去。

生存不是人類的本能嗎？我曾經以為，人類為了活下去會不惜一切，用上所有手段掙扎到最後一刻。可是，我現在就像個洩氣的氣球似地癱倒在床上，滿腦子只想著死前要做的事。神代真的認為我能辦到這件事嗎？我認為他對我的評價是錯的。不過，恐怕無論我能否完成都對他沒有影響。就像他所說的，即使我無法完成，也只是令他必須用另一種比較麻煩的方式而已。

奇怪的是，當我接受了即將要死的現實後，心情突然變得舒暢多了。身體就像為了配合這個決定，每個部分都變得活性化起來，希望在死亡前詠唱出生命最後的樂章。

我想起了被判死刑的犯人，以前曾經在雜誌的報導上看過一個關於死刑的專題。對於死刑犯來說，死刑這件事本身並不是最可怕的地方。即使被判決了死刑，也並不代表會馬上執行，還必須經過漫長的官僚程序，處理大量的文件後才會正式執行。有時候，死刑犯可能會等上數以十年計的時間，這一段時間才是對他們的最大煎熬。但即使決定了死刑的日子，不只犯人本人並不會知道，就連他的家人也無從得知。

突然有這麼一天——身在刑務所內的犯人起床時看見監禁房外面站著好幾個人，而且每個人臉上看起來都神色凝重的時候，那一刻他才會意識到那是自己生命最後的一天。恐懼往往會在最後一刻才澈底爆發出來，彷彿之前一直等待的時間只是為了讓死刑犯一點一滴地累積它們。即使早就知道自己會死，而且也做好了心理準備，死刑犯也可能會在看見意味著死亡的裝置當下發狂。只有在那個時候，他們才算是真正地面對死亡。

我比那些死刑犯幸運的，就只有並非身在刑務所，還有知道自己的最後期限而已。我因為身為人類的矛盾而躊躇，明明死期將至，我還在盡力保持理智——這種在死亡面前極為廉價的情操。我想到千佳、小光還有西野，明明自己快要死了，卻竟然還在擔心他們，我從來都不知道自己是這樣的人。在這之前，我一直深信自己能夠輕易在自己跟別人的性命之間做出抉擇。

但要是我像那些死刑犯般，面對真正的死亡的時候呢？當神代或是那個像保鑣的男人拿槍指著我時，我也會澈底發狂嗎？或許我會跪地痛哭，毫無尊嚴地用四肢像動物般爬到他們身邊舔他們的鞋子，只為了多活一分一秒。恐怕自己在那個時候為了活下去，不管什麼都願意說願意答應，也會完全失去至今為止建立的所有信念。

我不想要這種結果。並非故作清高，只是單純地知道即使我願意拋棄一切的尊嚴和信念，被殺的結果也不會有任何改變，僅是讓我在死前連最後一絲人類的姿態都失去而已。

「……自殺吧。」

不自覺地從嘴邊擠出了這句話後，我感到非常驚訝。

今天之前，我從來沒有想過這回事。並非指從來沒有想過自殺，而是確切地體會到自殺的意願。每個人都想過自殺，面對巨大的打擊時，光是想像自殺這件事就能抒發壓力。自殺就像一種安全機制，會讓人有一種「大不了就是自殺，沒有什麼是無法面對的」的錯覺，本質上就跟喝醉到完全茫掉的重啟機制類似。

想像的自殺，跟真正實行之間有著巨大的分野。真正會自殺的人，都彷彿是在用身體造出行為藝術般控訴這個世界。不論生前有什麼想法，一旦自殺後就表示他們選擇否定世上的一切價值。世界的價值不足以讓他們選擇活下去，因此才要藉著自殺來對這個污皶的世界做出批判。

但就在我決定了自殺後，我對這件事有了不同的看法。

除了否定這個世界的價值外，自殺也可以有不同的原因。為了逃離痛苦、維護尊嚴、為了他人……自殺原因並不是單用一種說法就能概括的。有些人的死亡，會為之後的世界帶來巨大的改變，也有些人藉著自己的死亡，來賦予其他事物更高的價值。我不知道自己是屬於哪一種，但也不再在乎，享受著放下了一切的自在感。

把最後一片迷幻劑吃下，離開家門散步。清晨的陽光既刺眼又溫暖，熙熙攘攘的學生們吵鬧地走過；正在蓋建的一棟新房子內，拿著設計圖的建築工人們露出困擾的表情；騎著單車的中年婦人悠閒地穿越馬路……有多久沒有好好欣賞過這種日常了？即使在成為卡術師之前，我也從沒注意過這些理所當然的事。

我走到了附近的一個公園。由於還是清晨，只有幾個老年人在一旁進行著伸展運動。我坐到旁邊的長椅上，想像著他們至今為止的人生。身穿運動外套、有一頭銀色濃密頭髮的男人即使有孫子也不會令人意外。他大概早就過了會拚命追求某些東西的階段，只希望家人能夠健康地生活就足夠了。

微胖的初老婦女應該也有了家庭，或許她為了不讓生活出現苦悶感，偶爾會在超級市場兼職當收銀員。她的日常生活中，既不會有突如其來的刺激，但也不會有足以擔憂的事情發生。對於她來說，生活中最在意的事情就是電視的節目時間表，還有抱怨不知為何要洗的衣服總是累積得很快。

這些再普通不過的生活，感覺有著很遙遠的距離。會在「日常」中出現的人，恐怕誰都不會隨時擔憂著電子錢包被封鎖、會不會有人發現信用卡被盜用，或是因為受到某個過著隨機生活的軍火商人威脅而正考慮著自殺。

我一回到家就癱倒在床上。決定了自殺的人，就連花時間吃飯、排泄和睡覺也顯得很奢侈。迷幻劑的效力仍未過，我盯著灰白色的牆，感覺它正發出奇妙的亮光，還隱約浮現出宛如宗教符號般的圖案。不管怎樣也好了，就這樣待到晚上也不錯，我只想專注享受「活著」的感覺。

27

一旦決定了自殺之後，對待生活的態度就大幅地改變了。有時候人只不過是產生了一個想法，性格和行為就會完全判若兩人，我認為這是一件很不可思議的事。

我連卡術也幾乎不再碰，用不同的藥物填滿自己的大腦，沉淪在快感裡。或許這就是神代身處的世界吧。持續以不同的刺激來麻醉自己，藉此忘卻其餘不快的情感。一旦回到現實世界，排山倒海似的憋悶感又會宛如副作用般再次向自己襲來，不得不尋求更巨大的刺激才能蒙蔽感官。這種無法脫離的惡性循環，是名副其實的人間地獄。話雖如此，甘願留在地獄的人依然數之不盡。

我決定在神代給我的期限前一天自殺，以上吊的形式。雖然曾經考慮過使用毒藥自殺，可是一想到死前的慢性煎熬就打消了念頭。雖然上吊在死亡前也會有一陣痛苦，可是相比起其他方法來得更短暫，而且能夠確實死去的可能性也比較高，唯一的壞處就是死亡姿態絲毫稱不上美觀——屍體會雙眼暴突、舌頭整條伸出來、肢體呈現不自然的扭曲，臉也會變成奇怪的紫藍色。

所有的自我限制都消失了。我把身上的衣服脫清光，躺在床上撫弄著自己的性器。跟性慾沒有關係，只是單純想要這麼做而已，我從來沒有在自己的房間中全裸過。儘管沒有飢餓的感覺，卻有種想叫外送的衝動，要是外送員看見我全裸地開門時應該會嚇一大跳吧。忽爾間，我好像能夠明白為什麼神代會瘋狂地迷戀隨機的生活。

藥物使我沒有注意到時間的流逝，天色逐漸變得昏暗。今天晚上我約了西野，可是並不是約在酒吧碰頭，而是直接上賓館。鏡中的自己因為懶得打理而長了不少鬍子，看起來既憔悴又邋遢，可是我毫不在乎就以這副模樣出門了。

西野看見我的時候，臉上一剎那閃過了憂心的表情。

「你沒事吧？才幾天沒見，整個人就消瘦了不少，給人的感覺也像是另一個人似的。」

「別擔心。倒是我之後有事情要告訴妳。」

不知為何，今天的性愛完全不順利。費了好一陣子才變得興奮起來，就連抱著西野的時候也有種莫名的不適應感覺，途中甚至有好幾次突然無故失去性欲，明明恍惚感已經沒有了。是因為藥物的副作用嗎？明明當望著西野窈窕白皙的身材時，腦中出現的只有想盡情把欲望宣洩在她身上的興奮感，簡直就好像我的身體在拒絕大腦的指令一樣。

我變得暴躁起來，明明快要死了，怎麼可以在這種時候才遇上這種問題。

「請不要勉強自己……」

「不，我可以的……」

竟然淪落得被西野同情起來，現在我的動作看起來一定很滑稽吧。

「請告訴我你要說的事。」

我抬起頭，發現她正非常嚴肅地看著我。羞愧感充斥全身，我別過頭來避開她的視線。

「其實……」

我吞吞吐吐地開始說起之前沒告訴她的詳情。從初川前輩把黑卡交給我，到神代出現在我家的事，斷斷續續地逐點說出口。

「……接著神代告訴我，初川前輩事實上並不是失蹤了，而是……」

說到這兒的時候，我再也控制不住自己，像個小孩子般嚎啕大哭。我把頭埋在西野的胸前，把理性拋諸腦後，一路以來壓抑住的情緒決堤般爆發出來。我不斷嚷著「是我的錯」、「殺人兇手」和「沒有資格」等等意思不明的說話。眼淚、鼻水和口水源源不絕地流出，絲毫沒有停止的跡象，彷彿要排光體內所有水份似的。

西野撫摸著我的頭，任由我發洩至累透。不知道哭了多久後終於停下了，這時才發現西野的臉也滿是淚痕。

「接下來呢？他要求你辦的事是？」

我把神代的目的，要我辦的事情和高橋的一切告訴了她。房間陷入了一片死寂。

「那麼你打算怎麼辦？」西野一副憂心忡忡的表情。

「老實說，我已經無計可施了。我想過各種各樣的方法，可是沒有任何一種是可行的。不管是在十天以內得到一億日圓，還有如何才能不被高橋發現也沒有任何辦法。因此我已經決定了，這也是我打算告訴妳的事……我會在神代給我的期限前一天自殺。」

「什麼！」

西野驚訝地叫了出來，我從未聽過她發出這麼大的聲音。

「你該不會是認真的吧？就因為沒有信心做到，於是乾脆地放棄嗎？」

「我是認真的。要是我辦不到的話，那個人是真的會殺掉我……毫不猶豫地、乏味地。即使逃走他也會把我找出來，再把跟我有關的人都殺掉……恐怕也包括妳。既然如此，死的人只有我一個就足夠了，我已經不想再連累其他人了。只要我自殺了，他應該就不會對其他人出手，這就是最好的結果了。」

「但是你會死掉不是嗎？這樣根本沒有意義，明明上次才跟我說要反抗，現在又……」

她哭著說，我沒想過她會這麼激動。

「能夠做到的話當然我也希望解決這件事……說實話，決定了要自殺後，心情反而舒暢了不少……至少我知道接下來要做的事了。現在的我，只想在自殺前能處理好剩下來的事。即使妳上次已經表明了立場，我也希望妳能離開這個地方，或至少騙我妳離開了……」

鼻子又感到酸酸的，淚水似乎又在眼眶中醞釀著。我從來不覺得自己是個易哭的人，可是最近淚腺變得很脆弱。房間再度變得一片死寂。我拿出菸點起來，不知道自己在死前還可以抽多少菸。西野注視著床單發呆，姿勢一直沒變過。

「……這件事讓我想辦法解決吧。」

西野突然吐出這句話。我愣住了地望著她，不確定自己有沒有聽錯。

「妳說什麼？」

「我會幫你辦到神代的要求……取而代之的，你不可以自殺。」

我不禁皺起眉頭，難道她激動得神經錯亂了嗎？

「不，等一下……妳說會辦到，可是那並不可能吧？」

「雖然現在無法百分百確定，但應該沒有問題的……」

她目光呆滯地說，彷彿並不是對我，而是對著床單說似的。

「妳打算怎樣做？雖然我也想相信妳，可是就連我也認為這件事無法做到……」

「我上次不是說過有一個叫黑木的男人會定期匯錢給我嗎？雖然已經很久沒查過那個帳戶了，可是裡面應該有一億日圓的……」

我倒抽一口氣。西野有一億日圓？因為之前沒有要求鈴木把西野的帳戶紀錄發給我，所以我一直都不知道到底黑木給了她多少錢，但不管怎說一億日圓也太誇張了吧？我難以置信地張大嘴巴，不知道該說什麼。

「即使妳真的有這麼多錢……可是我不可能要妳為了我而使用吧？再說，這頂多是解決了錢的問題，還有別的問題……」

「反正那些錢我本來也不打算使用，就這樣放著的話也顯得浪費不是嗎？要是為了你的話……我完全不介意。」

「可是……妳打算以什麼方式把那筆錢轉到他的帳戶？而且還要在他不能發現的情況下……」

我竟然覺得再度燃起了生存的希望。雖然很窩囊，可是現在的情況也不容許我再在意這種小事了。我決定先問清楚她，畢竟這不是一件隨便的事。

「這一點目前還未有頭緒，但我會向黑木求助。我之前說過他的背景吧？這種事情的話，他應該有解決的辦法……」

我感到自己更窩囊了。明明是自己的窘境卻受到女人的幫助，還令她向黑道組織的幹部前男友求助什麼的，作為男人沒有比這更惡劣的事了。貓關性命的時候，我竟然會懦弱成這樣。最近發現自己有很多之前不知道的面貌，甚至已經搞不清楚本來的自己是什麼樣子的了。

「這個星期內不管怎樣我都會給你確實的答案，辦到的話當然也會把證據交給你……作為交換條件，這段時間請你好好地活著，不要突然做傻事，請務必等待我的聯絡。」

儘管很感激她，但我依然半信半疑。那個黑木真的能辦到嗎？再怎麼說，西野的說法也有太多可變因素了。我把這份希望藏到心中的最深處，深得不刻意去想就不會察覺到它的存在。一星期後自殺的計畫依然不會改變，我也會用這個心態來渡過接下來的時間。

28

之後的幾天我都躲在房間，僅靠藥物來逃離現實。隨著期限越來越近，感覺所有的一切都逐漸離我遠去，好像要避開我這件不祥物似的。我沒有任何欲望，即使不吃東西也不會感到飢餓，也沒有任何想要的東西或想做的事情，宛如只是為了從藥物中得到快感而活一樣。甚至連思考都覺得很費力，而且還會引起無謂的不快——要是不小心想起了過去的事情，或許會無故變得感傷。懷緬過去是屬於擁有未來的人的專利，對於將死之人來說，過去只是一種使人沮喪的東西。

那天之後，西野沒有聯絡過我。恐怕她也意識到那是多麼的強人所難，正在暗中為自己誇下海口而懊悔不已。即使如此我也不會怪責她，畢竟從一開始就不抱期望。

我考慮過寫下遺書，但是一想到沒有意義就作罷了。我沒有需要交代身後事的人，也沒有值得寫下的東西。即使寫下遺書，最終會讀到的人也只有警察而已。到了那個時候，他們會簡單地把事件作結，這個世界也會不受影響地繼續運轉著，彷彿我從一開始就沒有存在過似的。

這天是第一次，恐怕也是最後一次我跟鈴木相約在酒吧見面。
「你喝什麼？請不用客氣，我請客。」
鈴木招牌性地向我點頭示意後，瞇起了眼睛一下。
「雖然我不習慣在工作的時間喝酒……不過反正之後也沒有特別的事，啤酒就好了。」
我向服務員點了啤酒和威士忌。鈴木從膝蓋上的老舊公事包裡拿出文件夾交給我。明明已經用不著卡術的組件了。
「你的護照我也一併放在裡面了……不過看來你已經不太在意了呢。」
鈴木緩緩地說，似乎察覺到了我的不妥。我打開文件夾，直接拿出護照。
護照上雖然是我的照片，但所有的個人資料都跟實際的不一樣。護照上的名字是「前野直人」，現在的年齡是三十一歲，比我實際的年齡大了三歲。
「謝謝你。」我漫不經心地說，把護照放進了口袋裡。
「之前那個越南人的相片沒問題吧？」
「嗯。我把照片上傳後，第二天就解除封鎖了，那個電子錢包帳戶內大部分的錢也移走了。」
「那就好。你之前在簡訊上說的關於在海外開設公司的事情，現在還需要嗎？」
鈴木啜飲了一口啤酒說道，我這才想起曾經詢問過他這件事。

「……不，應該已經不用了。」

不只這些，恐怕我們以後也不會再見面了。我沒有把這句話說出口。

我們陷入了怪異的沉默。

「……最近在我和我的手下身邊都發生了一點怪事。」

鈴木突然開口，眼睛依然盯著自己的酒杯。

「似乎有人一直在跟蹤我們。雖然不算是特別罕見的事……畢竟我們都是生活在灰色地帶的人。可是，總覺得那些人並不是針對我們，而是有著別的目的……跟蹤我的那個人很快就被我甩開了，可是我的手下還不太習慣這些事。」

我的心跳加速了。是神代的人嗎？要是連鈴木也被跟蹤的話，恐怕在千佳和西野身邊也有負責跟蹤的人。

「雖然不清楚那些人的目的，而且我也不打算理會……但我突然想起了你。」

「我？」

「不用裝傻了，在我面前只是白費氣力而已。我並非在怪責你，我說過的吧？生活在陽光照射不到的地方，無論發生什麼事也沒有資格抱怨，我就是帶著這種心態一路活過來的。只不過因為上次見面的時候得知你惹上了麻煩的事，所以才會想起你而已。」

我沒有答話，事到如今說什麼也沒用了。

「之前就告訴過你了，雖然那時候只是作為供應商給顧客的建議，但也是發自真心的。明明身陷在沼澤中，卻還想不沾上任何污漬，這個世界才沒有這麼便宜的事。我不會問你惹上了什麼人……這個問題不管對我還是對你也存有不利，但還是多少有點不忍心。」

我第一次從他身上感覺到供應商和顧客以外的情感。雖然還遠遠稱不上朋友，但隱約覺得比以往放鬆了。

「那時候你說的事，我現在已經完全明白了……可是已經太遲了。怎麼說呢……或許從一開始我就不應該涉足這個世界。我曾經以為，自己即使在面對蠻不講理的事時應該也能從容面對，不管怎樣也總會有解決方法的……可是現在才知道這種想法大錯特錯。」

我們不約而同舉起杯子放到嘴邊，彷彿要向這種無力感致意般。

「……突然想起了過去的事。」

鈴木的眼神帶著一種我從沒見過的落寞。

「……那是幾年前的事了。當時有一個年輕得可以當我兒子的顧客……比現在的你年輕得多，大概二十歲左右。他的性格很開朗，多話得近乎煩厭，每次也是約在酒吧見面，還硬是要我陪他喝好幾杯聊天……一開始我對他有點反感，也會拒絕他的要求，可是過了一段時間後就勉強陪他喝了幾次。最初的時候，我以為見過幾次後他就會自動消失了……你也知道吧，僅抱著玩樂心態而中途放棄的人多得數不清……但他還是持續向我購買組件，即使我總是擺出敷衍他的態度，他還是會滔滔不絕地訴說自己的事情，好像平日沒有能夠說話的對象似的。

他經常抱怨在卡術上幾乎賺不了錢，除了幾次誤打誤撞地賺到了幾百美元外，幾乎每次都是失敗收場，聽起來他付給我的錢比賺到的更多。儘管如此，他仍是鍥而不捨地嘗試，即使就連他也覺得自己沒有才能也一樣。後來有一次我忍不住問他『為什麼還要堅持下去』，他的答案讓我有點另眼相看。

他從小就在兒童養護設施長大，換言之他很早就意識到自己必須獨立。十八歲離開那所設施後，沒有人脈和高學歷的他只能從事低下層的工作，靠著低微的薪水勉強糊口。後來他加入了某個黑道組織，每天做著『是我是我』詐騙之類的工作。即使如此，他也不抱怨言地默默做好自己的工作。

一般的小混混只要賺到比常人多的錢就會變得胡亂花費，比如花在女人或毒品上……可是他完全沒有這種跡象。因為身世的緣故，他一直都想著要出人頭地。他把組織視作踏腳石，希望賺到足夠的金錢後就脫離，由自己掌管生活。

偶然認識了卡術的他，就像發現了通往夢想的路般極為著迷。你應該知道吧，對於最高級的卡術師來說，要一星期內賺上百萬美金也並非不可能的事。即使做不到那種程度，至少也會比自己當時的工作賺得多好幾倍，而且完全自由——他當時是這麼想的。

也許在不知不覺間，我也被他影響了吧。偶爾聽他抱怨又失敗的時候，我會給予他建議。必須先把虛擬網絡的位址設定在那張卡的國家、不可以一次轉移太大的金額、人頭帳戶永遠不會嫌多……每次他都聽得津津有味，甚至還會寫下筆記，也會誠懇地向我道謝……」

鈴木突然停下來，把剩下的啤酒一口氣倒進胃裡。他茫然地望著空空如也的杯子，好像對喝光酒後杯子會變空這件事感到很奇怪似的。他的視線從杯子轉向我，然後又向服務員再點一杯啤酒。

「……聽了我的建議後，他似乎做得順利了不少。那個時候我衷心地替他感到高興，就像看著自己的孩子成長似的。他說要是順利的話，或許一年後就能脫離那個組織，光靠卡術糊口。說這番話的時候，他的臉上閃爍著希望。

但是，之後有好幾個月我都沒見到他。當時我還在想他該不會是放棄了吧，結果突然又收到他的聯絡。一見到他的樣子，我不禁嚇了一跳。他變得瘦骨嶙峋，雙頰向內凹陷，整個人異常憔悴。不只如此，彷彿連性格也改變了。他說起話來有氣無力的，總是相隔好幾秒才對我說的話有反應，從前口若懸河的他蕩然無存。

即使我多番追問他也堅稱沒事，只說是因為工作變忙了。雖然很明顯只是藉口，但因為跟自己無關，於是我也沒有繼續追問下去了。要是當時堅持追問的話，或許結果也會變得不一樣……直到現在，我偶爾仍會想起這件事。

那次是我最後一次跟他見面。兩個月後，我突然收到他的電話。之前我們都是以簡訊聯絡的，接起電話的當下我也覺得有點奇怪。聽筒傳來的聲音讓我幾乎認不出，他的聲音變得很沙啞，彷彿光是說話就已經耗盡了剩餘的體力似的。

更不可思議的是，他打電話給我是為了借錢。宛如被逼到窮途末路的聲音，吐出來的每一個字都毫無生氣，斷斷續續地拼湊出借錢的要求。當然，以我們的關係來說這個要求完全是不合理的，但我也沉住氣詢問他背後的原因。

據他所說，恐怕他想脫離的想法被發現了，於是組織的人就半強硬地讓他染上了毒癮——而且是使用針筒的那種。這段時間他被毒癮折磨得生不如死，所有的錢都用來購買毒品，甚至還反過來欠了組織一筆債務。他說的時候，完全無法想像跟那個開朗的他是同一個人。最後他說只要還清債務，組織就允許他從此脫離，因此才會在走投無路的情況下打電話給我……」

腦海中突然浮現了一個想法：難道鈴木在我身上看到了那個青年的影子，因此才會對我半吊子的態度感到生氣嗎？

「你有借給他嗎？」我問鈴木，雖然內心早知道答案。

「……那通電話結束後，我再沒有聽過他的消息了。」

他慢慢喝完剩下的酒，動作慢得有種時間停頓了的錯覺。

「不管你怎麼想，這段時間你幫助了我不少。謝謝你。」

鈴木銳利的眼神穿過透明的玻璃杯看著我。喝光最後一滴酒後，他放下杯子，變回他日常筆挺的坐姿。

「要是還有機會的話，下次讓我們拋開供應商和顧客的關係去喝一杯吧。」

當然沒問題。我露出了微笑，沒有把這句話說出口。

「說起來，你還記得之前我拜托你查的那張鈦金卡嗎？雖然有點不好意思，但可以拜托你把那個人的銀行帳戶紀錄發給我嗎？就是有個叫黑木的男人會定期匯款過去的那個帳戶……」

「那個紀錄應該還在手邊。這次就免費給你吧，反正本來就是順便調查的……要是再有機會見面，下次也是你請客就可以了。」

鈴木把公事包拿在手裡站起來，拍一拍他的老舊大衣。

「那個紀錄我會透過電子郵件發送給你。那麼我先走了，謝謝你請客。」

我才該向你道謝。我看著鈴木頭也不回地朝酒吧的門口走去的背影，沒有把這句話說出口。

29

走出銀行的時候，重甸甸的手提包使我感到不自在。變成物理上的沉重的一千萬日圓，正靜悄悄地躺在手提包內。當我向銀行職員說明要提取一千萬的現金時，她在一瞬間露出了狐疑的眼神。不知道是因為提出這種要求的人並不多，或者純粹是因為她覺得很麻煩而已。

我走到路邊一個沒有什麼人的角落開始抽菸，好幾次忍不住瞄向放在地上的手提包，好像怕它會突然消失一樣。當金錢變得不再只是一個數字，而是實質能感受到的存在，我才真正意識到它所代表的份量。手提包裝著的東西，雖然不到大得誇張的程度，但也是許多人會願意為其賣命的金額。

對面的男人似乎在偷看手提包，是錯覺嗎？不，他應該不會知道裡面的東西是什麼。即使他察覺到了，在大街上應該也不敢做出太惹人注目的舉動。我故意用右腳貼著手提包，趕快把菸抽完回到大馬路，伸手攔了一輛計程車。

裝著錢的手提包放到地上時，發出的悶響使千佳露出了難以置信的表情。客廳放了好幾個行李箱，其餘無法帶走的東西則維持原樣。小光這個時間還在學校，但他的小型行李箱也已經放在房門前了。

「這是約定好要給妳的。」

「為什麼要用現金？這樣子既麻煩又危險……」

雖然口中這樣說著，但千佳看起來很高興。

「匯款的話會留下紀錄。雖然或許是多此一舉，但這個方法最安全。要是妳不放心的話，我可以陪妳到銀行存進妳的帳戶。」

「不用了，我明天再走一趟銀行吧。話說回來，比我預計的還早呢。我還叫了小光好好享受這幾天在學校的生活……」

「已經決定好要去哪兒了嗎？」

千佳點點頭，問我拿了一根菸。

「確實地點就不說了……但那並不是城市地區，不但環境安靜，景色也很漂亮，而且花點時間就能到達海邊。對於要低調地生活的人來說，恐怕沒有更好的選擇了。」

「……抱歉。」

「雖然一開始確實是很生氣沒錯，可是後來就覺得或許轉換一下環境也不錯，至少短期內不用再煩惱錢的問題了，而且小光似乎也很期待。」

「小光沒問題嗎？」

「我吩咐了他不要跟學校的人說……雖然他爽快地答應了我，可是老實說我也不知道他是不是真的能忍住不說。」

「這一點我倒是不擔心，小光是個比妳想像中更成熟的孩子。我只是怕他會不適應新環境而已。」

「這個嘛……我給他看那個地方的照片時，他看起來真的很高興。或許其實他並不太喜歡城市的生活吧。」

不知為何，我也有種「或許是這樣」的感覺。

「那把槍……你有好好帶在身上嗎？」

一聽到這件事，千佳的臉上出現了一道陰霾。

「雖然我把它收在了行李箱的裡頭，但還是沒有使用它的覺悟……」

我感到有點沮喪，把槍放在那種地方根本沒有意義，僅剩下心理上的保護而已。要是真的有人要對他們不利的話，到時候才打開行李箱把槍拿出來就太遲了。但是，我也不可能因此而責怪她，畢竟那是人之常情。

我沒有告訴千佳自己打算自殺，既然知道以後不會再見面，也就沒必要再給予她精神上無謂的負擔。再說，恐怕千佳也還未對初川前輩的事情釋懷吧。

「可以的話，希望妳能盡快離開。」我告訴千佳。

「既然現在拿了錢，大概明天我就會走……最遲也是後天吧。倒是你，有什麼打算嗎？」

「我的事不用擔心，我會想辦法解決的……」

「不是說會到國外生活嗎？」

「……嗯。事情解決之後，應該就會從此離開這兒。」

從此離開這兒。我想了一想，某程度上這也並不算說謊。

「也就是說，這應該是我們最後一次見面吧。」

「應該吧。」

千佳直視著我的眼睛，帶著一絲哀傷感。

「雖然有點不捨，但也是沒辦法的事對吧？不過，即使將來會就此失去聯絡也好，請千萬不要做傻事。」

「你指的是？」

「該怎麼說呢，或許你自己並沒有察覺到吧……從認識你不久後我就注意到了，你有一種自我毀滅的傾向。」

「我？妳在開玩笑吧？」

自我毀滅的傾向？雖然打算自殺，但那只不過是在無計可施的情況下僅有的最佳選擇而已。別說自我毀滅的傾向，我甚至認為自己是個自私的人。

「當然，從社會角度來說你應該算不上是好人，而且對於不認識的人你的態度也總是很冷漠……但作為朋友，你倒是挺不錯的。這一點跟初川很相似，大概也是因為這樣你們才能成為好朋友吧。舉例來說，雖然不知道你現在確實遇上的狀況，但要是你想的話就這樣拋下東京的一切離開也完全沒問題吧？可是你並沒有這樣做，反而還把這筆錢給了我……」

聽到她提起初川前輩時，我又不禁心中一酸，現在聽到他的名字只是徒然增加一道悲傷而已。

「只是因為我無法做到這麼不負責任的程度而已……要是就這麼拋下一切，讓身邊的人陷入危險中，我就連『人』都不能稱得上了。再說，這個跟自我毀滅沒有關係吧？」

「或許是因為過去的事情導致我有這種想法吧……至少你比起小光的父親好得多了。我說的自我毀滅，並不是為了別人而犧牲什麼的假惺惺的情操，而是指很多時候你並沒有想到自己，在做任何決定之前先把自身排除開去，不會有底線設限。」

不知為何，我突然想起了鈴木以前對我說過的話。

「因為這個世界本來就沒有範圍可言。」

離開之前，我跟強忍著淚水的千佳擁抱了一下。素來堅強的她並不會輕易在別人面前展露脆弱的一面，我沒有說出自己其實很欣賞她的這一點。

「那就這樣了，妳安頓好後就發個簡訊給我吧。」

「嗯。」

我們都沒有說出「再見」。有時候，即使是本來熟悉的人也可能會在沒道別的情況下，突然從此消失在對方的世界中。但另外又有一些人，正因為再熟悉不過，才更無法說出道別的話——彷彿為了保留一種不存在的希望般，寧可讓彼此在記憶中不知不覺消散，而不是直接粗暴地否定了過去的一切。

30

距離期限還有兩天。

千佳發了簡訊給我，她已經在新的住處安頓好了，並附上了一張跟小光的合照給我。相片中的他們看起來很快樂，背後是一個小型海灘。一看就知道那是一個人口不多的地方，我猜是個小鎮之類的地方。不會游泳的千佳之所以會選擇附近有小型海灘的地方居住，恐怕也是為了小光吧。我回覆了幾句祝福他們的說話，接著就把簡訊刪掉了。

就連藥物也無法再帶來愉悅的感覺，似乎因為最近服用得太頻密而產生了抗藥性。明天晚上我就會自殺了。我已經買了麻繩，也在網絡上學會了繩圈的綁法。接下來的，就只剩等待時間流逝而已。

出乎意料地，我的心情很平靜。本來以為越是接近生命的最後期限，自己會越是變得焦躁不安，甚至精神錯亂。但是現在別說是精神錯亂，就連一絲緊張的情緒也沒有。回想起過往的人生，發現當中沒有任何不捨的事物。既沒有值得驕傲的風光過去，也沒有留戀不捨的美好回憶。

唯一的遺憾，是因為自己的緣故而導致初川前輩遭遇不測。我沒有宗教信仰，也不相信天堂地獄之說，人類死亡後只不過是再次化成粒子，依附到別的東西上成為新的部分而已。靈魂不過是基於人類的傲慢而創造出來的詞語，從物理角度來說，人類甚至連「自我」也不存在，只是大腦製造出來的錯覺而已。

但是，萬一真的有死後世界存在的話，我希望能當面向初川前輩道歉。我希望告訴他我很感激他曾經出現在我的人生中，使我的人生有過短暫的快樂。

「別說這些蠢話了。」

我彷彿聽到他嗤笑著說，還有他那副卡通狼般的表情。我把玩著手上的痲繩，想著想著忽然又流下眼淚，淚腺果然變得脆弱了。這也是我的權利吧？準備迎接生命最終章的人，應該有任意哭泣的權利吧？

放在旁邊的手機螢幕亮起來了，我滿不在乎地查看，那是一則來自西野的簡訊。

我們在一所高級酒店的房間見面。我把積累了多天的鬍子刮掉，久違地用了髮膠，不想讓她看到我憔悴的樣子而擔憂。我從來沒有為西野做過任何事，至少在這個時候讓我為她做這點微不足道的事。

西野進入房間的時候，神色看起來很凝重。

「妳還好吧？」

「嗯，沒事。」

她終於認知道神代的要求不可能辦到，因此打算在我自殺前勸阻我嗎？要是這樣的話我反而想安慰她，至少在生命的最後也還能和她見面就足夠了。

西野坐到床上，從手提包中拿出一個文件夾。

「這是我答應過你的……但是因為我不懂這種事情，請你務必仔細檢查。」

「咦？」

她做到了嗎？我驚訝得愣住好一陣子，好像不知道該不該接過文件夾似的。

原來是這樣啊。看過大部分列印的紙後，我大致上了解了那個手法。

可是這麼短的時間內，竟然能夠做到這種事？該不會是偽造的證據吧？腦中一瞬間閃過這個念頭，但因為我告訴過西野偽造的方法行不通，所以這些證據應該是真的。可是最關鍵的事情，我還是必須問西野才能知道。

「妳拜托了黑木嗎？」

西野點點頭。真不愧是黑道啊。我沒有把這句話說出口。

「雖然跟神代的要求有點不同，但確實大致上也完成了他的目標……接下來就聽天由命了。但是我還需要知道最關鍵的事情：怎樣確保高橋不知道這件事情？」

西野徐徐轉述黑木實行的方法，我聽得目瞪口呆。那個方法在某種程度上來說簡單得讓人無法相信，卻又非常直接有效。

接下來是一陣長長的沉默。我再三檢查了那些證據，一遍又一遍地，直到幾乎能夠背出來。我無法相信竟然能夠成功，甚至忘記了自己在一小時前還是個打算自殺的人，從來都不知道空氣流進肺部的感覺竟然是這麼舒暢。

「這樣的話……你就安全了吧？」

西野小心翼翼地問我，好像這是個不該問的問題似的。

「我也不確定，但至少現在有希望了……老實說，直到剛才為止我依然抱著自殺的決心，但幸虧有妳……我不知道該怎樣形容自己現在的心情，總而言之很感謝妳。」

真的有希望嗎？不知道是因為難以置信，還是不願意抱有期望，我感受不到任何真實感。

「不是說做到了那個人就會放過你嗎？」

「他是這樣說的。只是……神代是個無法猜得透他在想什麼的人，無法預測的地方太多了。」

我確實無法保證神代會就這樣放過我。要是那個人的話，突然再做出強人所難的要求也不是不可能的事。他是一種沒有實體的厄災，不知道什麼時候會突然降臨。

「不管怎樣，請盡力生存下去，不要再隨意說出要去死之類的說話了。」

「說起來，黑木有為難妳嗎？」

西野搖搖頭。

「這一點不用擔心。只要我開口的話，不管是什麼事他都願意幫我。」

我不知道該說什麼。這件事情即使我花一輩子也無法報答西野，也從來沒想過自己的人生中竟然能夠得到這麼大的恩惠。我輕輕吻了她的嘴唇，輕得彷彿稍微用力就會傷到她似的。

「這件事完了的話，我們一起離開日本，去國外生活吧。」

我突然衝口而出。西野聽到後先是呆了一下，接下來兩道淚水緩緩從雙眼流下來，她馬上背向我。我從後抱住她，不再思考任何事情，只想靜靜地享受這安寧的時刻。

「不行，我做不到……一旦這樣子，我會感到幸福的……不可以……」

她抽泣著說，身體微微顫抖。她身上的詛咒仍然存在著。

「不要再管那種事情了。總而言之，要是平安渡過了這件事的話，我們一起離開吧。我會保護妳，即使要付上任何代價都好……」

她變得更激動了。她開始掙扎，用手掩住耳朵，不斷搖頭痛哭。她的反應把我嚇了一跳，變得不知所措。

「對不起……這不是東條先生的錯。只是……我已經放棄幸福很久了，這個時候你突然說這些……我做不到。我不知道該怎麼說，可是……至少現在不要說這些話。」

就連兩天後的命運也無法掌握的我，現在不管說什麼也只是不負責任的言論而已。我用力抱緊她，心中希望時間永遠停留在這一刻。

「我明白了。對不起，剛才是我太衝動才一時說出這種不負責任的說話。但是，我是認真的。不然這樣吧，要是能夠一起離開，到時候我會拚命讓妳無法獲得幸福……不管要傷害妳也好，或是讓妳染上毒癮也好，我都會為了妳而不加思索地做，只為了不讓妳得到幸福……」

她的抽泣聲中夾雜了一聲短短的笑。她也不再掙扎，一邊點頭一邊發出「嗯」的聲音。

「雖然會一起生活，但我們就像是混合了世界所有的不幸而成的集合物，每天都活在痛苦之中……不只是我會拚命讓妳無法感到幸福，妳也會因為憎恨我而持續施加痛苦在我身上，不管是肉體還是精神上的……我們成了只為讓對方受傷的存在，但偏偏無法分離……就這樣子一輩子彼此傷害著……」

西野深深地吻了我，我從這個吻感受到了她的一切。我把她推倒在床上，溫柔地解開她的衣服。

「我們是可悲的命運共同體。」我對她說，她一邊哭一邊點頭。

這是迄今為止最詭異的一場性愛。我們一直維持著同一個姿勢，面對面凝視著對方的雙眼，一邊哭泣一邊做愛。跟上次的忘我境界不同，這次沒有超越常理的快感。可是不知為何，我卻彷彿在當中感受到真正的愛。

31

我靜靜地躺在床上，等待準備迎接自己的事。

這兩天我沒有服用任何藥物，大部分時間也是在床上躺著抽菸，任由時間白白流逝而已。不管最終的結局是什麼，我都做好了心理準備。即使會被神代殺掉都好，我也會像西野所說的在死前拚命做出最後的掙扎，帶著藐視對方的心情倒下。對於自己的人生，我已經沒有什麼要做或可以做的事情了，一切僅是聽天由命。

天色變成全黑，剛好七時正時門鈴響起了，是上次那個像是保鑣的男人。

這次他駕駛了一輛不同的車，但車窗上也一樣貼著黑色的貼膜。我注意到他的手腕上有一道紫色的傷痕，不確定是之前就有還是新的。我不停地抽菸，或許以後再沒有這種機會了。一想到這一點，我就像必須趕快抽光手上的這盒菸似的，向窗外丟出一個又一個的菸蒂。

抽菸有時會使人有一種時間停頓的錯覺。或許是因為抽菸的時候，人總會聚焦在當下的時刻，把那短短的幾分鐘壓縮成有意義的時間。即使口腔內苦澀得不想再嚐到尼古丁的味道，為了盡可能地把握生存著的時間，我仍是不斷地點起新的菸。

下車的時候，我發現這次是一家不同的飯店，但同樣是高級得普通人根本不會考慮的級別。跟上次一樣，那個男人把我帶到位於高層的房間。檢查完我身上的東西後，男人敲了敲門，裡面傳來神代發出的「嗯」。

終於到了這一步。我這樣想著，為自己的冷靜感到不可思議。

房間面積跟之前的差不多大，只是內在有些微差別。要說有什麼最大的分別，就是在鋪了高級地毯的地板上，還有在另一邊的沙發上，赫然有幾具正在扭動的裸體。地板上有一個痙攣的女人，她旁邊有一個姿勢怪異地靠在沙發椅、眼神渙散的男人。不遠處的桌子上有一個欣喜若狂地發出浪叫聲的女人，她的雙腿間埋著一個中年男人的臉。那個男人轉過來跟我的視線對上時，我認得他是某個有名的電視節目主持人。在神代坐著的沙發對面，甚至有一個全身被五花大綁，蒙著雙眼的女人正被兩個健壯的男人使勁地撫摸著。

簡直是地獄圖。不知為何，即使在面對這副光景時，我依然沒有受到任何動搖。

「怎麼樣？不錯吧？你想加入的話也可以啊，我沒關係。」

神代笑著對我說，可是他的眼神完全沒有笑意。

「不用了。」

「現在在這兒的人，全都是在社會上有著高等地位，不能被其他人發現他們幹著這些勾當的人。一旦被發現，就只有落得被社會拋棄的下場，因此只有我才能讓他們徹底得到解放。他們都有著悲哀得無藥可救的靈魂，明知道自己的癖好有機會使自己陷入萬劫不復的窘境，卻依然任由體內的慾望把自己吞噬殆盡──不過要說的話我也跟他們一樣呢。」

神代大笑起來，沒有人因為他的笑聲而作出任何反應，好像根本沒有注意到似的。

「對了，要你做的事辦妥了嗎？」

神代揮揮手示意我不用理會其他人。

「……在這兒。」

我把拿在手上的文件夾交給神代，他冰冷的眼神中閃過一絲喜悅。

「這不是做到了嗎？看吧，人類只要被施加一定的壓力就能夠突破自己，做到本來認為是強人所難的事情……」

「總而言之，你先看看吧。」

神代咯咯地笑，把文件夾內的紙拿出來，興味索然地看了幾眼。

「……先由你說明一次。」

我嘆了一口氣。赤裸的肉體們依舊故我地沉溺在肉欲中，絲毫不在意我們。我點了一根菸，緩緩地開口。

「……你說過最終目的是製造高橋的醜聞，所以實際上整件事情的重點是在『民眾的看法』上。不過雖說要顯而易見，但也不可能找一個黑道直接匯一億圓到高橋的帳戶內——這樣一看就知道是陷害了。因此，匯款的過程就必須用行內人才會用到的方法，也就是說要模仿真正的貪污事件會用到的手法，但同時又要讓民眾簡單易明……這就是整個任務的前提。」

「……你很清楚呢，我果然沒有看錯人。接下來呢？」

神代津津有味地期待著後面的部分，難道他沒發現單憑我自己是不可能做到這種事嗎？不，或許從一開始他就不在乎我是如何辦到，他要的只是結果。

「……那筆錢，是由一家大型建設公司匯出的。那家公司幾個月前被揭發出背後由著名的黑道組織操控著，透過賄賂政治人物來獲得政府的大型投標項目。這件事當時成為了全國性的新聞，釀成了一陣子的騷動。因為沒有實質的證據，報導中提到的政治人物至今仍然安然無恙，而且或許是因為他向媒體施壓，這件事的後續就不了了之了。可是，這家公司牽涉到黑道的事情無法抵賴，並且已經深入國民的記憶中，只要一提起那所公司的話群眾就會馬上聯想起那件事……從結果上來說，這應該符合你的要求吧？」

「嗯。這件事我也知道。要是再次有政治人物被揭發收取這家公司的錢的話，恐怕群眾馬上就會認定那個人也是貪腐的一份子吧……不錯。」

「接下來就像我所說的，因為不可能做得太明顯，於是那一億圓就從那家建設公司以『顧問費』的名義先匯去了一家英國的公司。那所英國公司名義上是一家提供顧問服務的國際企業，但實際上只是一家成立了三年的空殼公司。

像你這種人應該知道吧？自從英國多年前開放了商界後，他們的空殼公司一直都是騙子的天堂。要在英國成立一家公司只需要花一天的時間，而且英國工商局幾乎不會做任何認證。換言之，世界上隨便一個人都可以登入他們的網站，隨便填入一個虛構的名字和地址後付十五英鎊就能成立一家公司，還會拿到證明。

由於英國工商局可說是默許這類型的犯罪，因此能夠做的事情也多得很。接收了那一億圓的公司，現在登記了的唯一一位董事與股東就是高橋。即使改變登記人的名字是這個星期內的事，但一般民眾根本不會深究這種事對吧？即使在這件醜聞公開後高橋拚命為自己辯護，在他找到實質證據前民眾就已經對他產生了壞印象。」

本來正在地上痙攣的女人突然大叫了一聲，坐了起來四處張望，好像在確定眼前的狀況似的。幾秒後，她又軟弱無力地癱倒在地上，眼神一片迷離。神代對於這一幕全無反應，待那個女人安靜下來後再次開口。

「目前為止我都明白，但你應該不會以為把錢匯到那所英國公司就行了吧？」

「你給我的資料中，有著高橋的一切個人資料對吧？而且，我猜以他的年齡來說應該並不熟悉網絡……因此，我用高橋的個人資料開設了一個電子錢包帳戶。

這兒就是重點。那一億日圓並沒有轉到高橋的銀行帳戶，而是放在了那個偽造的電子錢包。不管怎樣做，要是高橋的銀行帳戶中無故出現了一億日圓的話，要不被他發現是不可能的事。這一部分才是最困難的——畢竟誰都無法保證他之後的行動。要製造讓他無法辯解的情況，就只能讓**那筆錢雖然是屬於他，但他本人對這件事毫無自覺才行**。於是，我把那個電子錢包帳戶跟高橋的銀行帳戶連結了，這樣子的話即使他想推說跟自己無關也很難吧？

這樣子的話，就完成了『**屬於高橋的電子錢包有一億圓餘額，但還未存進他的銀行帳戶**』的狀況。而這一切，高橋本人毫不知情。」

神代拿起被他隨手放在一旁的、作為證據列印出來的Ａ４紙，看了幾眼後露出滿意的神情。

「……你這傢伙幹得不錯呢。確實，要不被高橋發現的方法其實並不多，或許做到這種地步已經是極限了。但是先不論英國的空殼公司那部分，設立高橋的電子錢包帳戶是怎麼做到的？要匯入這麼巨額的金錢到新開設的電子錢包帳戶，不可能沒經過嚴謹的驗證吧？再說，當把偽造的電子錢包帳戶跟他的銀行連結起來時，他使用的手機應該會收到銀行的簡訊吧？你怎樣確保他並不知道這件事？」

我深吸一口氣，雖然一直把西野轉述的事情說成像是自己做的，但接下來的部分我到現在都難以相信。

「我綁架了高橋。」

描述著明明跟自己無關的事情時，就跟正在使用著別人的東西一樣使我有種恍惚感。儘管如此，我還是拚命保持專注，彷彿只要遺留任何一個細節就會被神代殺掉。

「雖然我並沒有參與實際行動，但事情還是進行得很順利。高橋是個有名的政治人物，因此對電子錢包公司來說，只要能夠證實那個帳戶確實由高橋本人運作的話，即使匯進去新帳戶的是一億圓的巨款也能夠通過。

就如同隱藏樹葉的最佳地點是森林一樣，要隱藏小小的犯罪最理想的做法就是把它藏進大型的犯罪中。高橋雖然是政治人物，但因為他身邊從沒有保鑣，找時機綁架他並不太難。負責綁架他的人把他帶到一處廢棄的小屋，故意裝成是不太擅長日語的中國黑幫。除了要讓高橋搞不清楚狀況之外，還因為這樣可以更好地掩飾真正的目的。

綁架他的目的有兩個。第一個是要獲得高橋本人拿著駕照的驗證照片。由於牽涉到一億圓的巨款，要是用偽造的驗證照片風險實在太高了。把高橋帶到廢棄小屋後，綁架他的人先沒收高橋身上的所有物件，再要求他拿著駕照拍照。不明所以的高橋只能乖乖依著綁匪的要求做，還以為照片是用作威脅，或是作為他被綁架的證據好收取贖金。

第二個目的就是為了不讓他發現自己的銀行帳戶跟電子錢包連結了。上傳驗證照片後，綁匪把電子錢包的帳戶跟高橋的銀行帳戶進行連結，果然馬上就收到來自銀行的簡訊了。他們沒有動手機內的任何東西，僅是把來自銀行的簡訊刪除後，整個計畫就大致完成了。

假的綁架事件在二十四小時內就結束了。確認那一億圓變成了電子錢包內的餘額後，綁匪們就以綁架錯對象為由釋放了高橋。當然，綁匪為了不讓他把事情鬧大也好好威脅了他一番。對於高橋來說，既然自己並沒有什麼損失，而且對方還有自己拿著駕照的照片，把事情鬧大只會使自己不利而已，因此有理由相信他會把這件事隱瞞起來。他絕對不會想到綁匪從一開始的目的就只是他的照片和手機而已。

當然這件事並沒有留下證據，因此要不要相信也是你的自由。但是在結果上，我確實完成了你所交代的事情。」

心跳突然開始加速。神代會相信嗎？不，他只能相信我，畢竟已經沒有更好的做法了。問題是，他會接受這個結果嗎？

神代仔細地檢查那些A４紙，我有點喘不過氣的感覺，房間的空氣似乎越來越稀薄。女人發出的浪叫聲響徹整個房間，可是我完全沒有在意。

「嗯……做得不錯。」

他說完這句話後就沉默了下來。不錯是什麼意思？他會放過我嗎？心臟的悸動越來越快，彷彿快要從身體裡面穿破皮膚衝出來似的。

「所以……我可以走了嗎？」

「先別急……我還想知道一件事……你一個人肯定辦不到這些事吧？找了別人幫忙嗎？」

「沒有必要知道吧？反正你的目的都達到了。」

神代咯咯地笑，笑得整個人都蜷縮成一團，那副姿態就像有某些東西要從他的內在膨漲至極限後湧出來似的。我開始冒冷汗，被他的這個姿態勾起了本能上的恐懼。

「讓我猜猜吧……是那個叫西野的女人嗎？不然是那個自稱鈴木的男人？」

他果然已經完全掌握了我身邊的一切資訊。我拚命想阻止雙腳的顫抖，可是反而抖得更厲害了。

「……應該是那個女人吧。鈴木雖然有著不錯的手段，可是我不認為他會幫你……更何況是這種近乎無理的要求。那傢伙好像挺能幹的……可以的話我也想他過來我的手下工作。如果是那個女人的話……也就是說你已經知道了她的背景吧？不過倒是沒想到你竟然會利用她呢……我本來以為你做不出這種事。一旦牽涉到自己的生命，果然即使要成為最差勁的男人你也毫不猶豫呢。」

我對於他的說法有點生氣，從一開始我就沒想過利用西野，畢竟直至她把證據交給我前我一直都是打算自殺。

「我沒有利用她。」

「哇哈哈哈！你真的這麼想嗎？看來你也跟我一樣是個病入膏肓的人呢……雖然不清楚你知道多少關於那個女人的事，可是你真的以為事情會這麼簡單嗎？那可是一億圓啊！依我看，你是故意忽視事情背後的代價吧？只要裝作什麼都不知道，就能欺騙自己並不是加害人……有趣！實在是太有趣了！」

神代像是失控了似地狂笑，他嗑藥了嗎？我不知道他在笑什麼，但心裡有一道極度不祥的感覺。

「……反正你遲早也會知道自己做了什麼事，對我而言你已經超出了我的期望。雖然還未到達我的領域，可是你已經超越了過去的自己……你將會看到這個世界更寬廣的部分。順便告訴你一件事吧，之後的世界會變得越來越有趣，你的價值觀也會不斷被逼著去改變……要說原因的話，就是或許很快會發生戰爭。」

「戰爭？」

「最近我開始能夠想像到這個國家變成一片瓦礫堆的模樣……我告訴過你戰爭的結構吧？生活在先進國家的人，往往以為這種事只會發生在落後的小國，殊不知那種危機在現代已經變得無限接近。至於為什麼……那是由於和平已經越來越飽和，所以必然會發生能夠活化民眾刺激感的事情。

很多人認為科技變得發達是造福了全人類……這種說法只有部分正確而已。科技變得發達，只是方便了社會上級階層的人而已……以網絡為例吧，網絡的出現雖然看似改善了人與人的連結模式，但實際上得到最大利益的就只有政治家還有罪犯而已。一般人利用網絡的時候，大多都是娛樂自己罷了——可是政治家則把網絡視為操控群眾的工具，而罪犯則利用網絡的方便性來獲得更大的利益。

這個生態系統永遠都不會改變，因為群眾永遠都只是群眾。在群眾看不見的地方，有太多的罪惡在發生，就像被海洋覆蓋住的冰山一樣，永遠只有小部分會顯露出來。

腐爛是一種藝術。不管是物件還是人都好，無可避免終有一天都會變得腐爛。你有發現最近人們的美學觀變得越來越庸俗嗎？這就是資訊過剩的代價。人們不再追求美好的事物，改為需索廉價的刺激。這樣下去的話，舊有事物的價值很快就會被完全消去，人們將會變得再無任何值得追求的事情，因為他們早就親自摧毀了。那個時候就只有透過戰爭來把一切毀滅，才能重新製造新的價值。

到了那種時候，像我這樣子的人就會變得很忙了。不同的國家會利用稅金向我購買武器，盡情破壞自己以外的一切。城市被摧毀得只餘下瓦礫堆後，緊接而來的就是建設熱潮，藉著大量的平民死亡來產出新的一波錢潮。一旦戰爭開始，倫理和美學等等的事情馬上就變得不再重要，因為人們不會考慮生存以外的事情——只有透過這種方式，人們才能重新建立價值。現在明白了嗎？歷史只會不斷輪迴，這就是人類的愚蠢，但同時亦是人類有趣的地方……因為要是不這樣做，他們就會感到無聊，社會也只會累積更多沸騰的惡意。群眾需要把體內的惡意發泄出來，而戰爭就是最佳的方法。」

神代好像把什麼放進了口內並吞下，然後又懶洋洋地倒在沙發上，似乎想就這樣陷進去似的。

「……你說的這些都是歪理，終究只是你個人的願望罷了。」

「是不是歪理，之後不就知道了？不管會不會發生戰爭，對我個人來說也沒有什麼差別——只是金錢會不會繼續增加的問題罷了。我最近甚至在想，乾脆開設一個宗教好了……或許能夠稍微減輕我的憂鬱也說不定。不過，圖騰決定不要這樣做，因此就作罷了。要是世界各地都發生戰爭，所有由人類建造的事物全都被他們親手摧毀的時候，或許神就會顯現了吧……？看見人類的愚昧，即使是一直躲起來的神也會忍不住做出反應吧？要是神願意出現，即使我會因此而墮進地獄也沒關係。」

不知何時開始房間裡變得一片寂靜，彷彿那些赤裸的人們全都有默契地停止了自己的動作。

「夠了吧？要是沒事的話我就要回去了。」

神代的表情沒有絲毫的感情，好像根本不在意我似的。

「……嗯，你可以走了。要是出問題的話我會再找你的……但你應該不會讓這種事情發生吧。」

神代拿起那些證據在我面前晃了幾下。

「我可不想再見到你。」

「恐怕也是。儘管如此，我和你之間已經建立了某種關係，即使我們可能從此不再見面，我的一部分已經殘留在你的內在某處。」

他再次咯咯地笑。我連一分鐘也不想多待，準備轉身離去。

「一想到你之後的人生，我就不禁變得興奮起來。即使無法親眼看見，但光是想到這一點就覺得和你的相遇是有價值的了。雖然可能性不大，但你或許終有一天能夠超越我，看到連我也沒看過的景色……」

我轉頭看著他。他慵懶的表情和渙散的眼神依舊沒有任何變化，有一刻我想問他這樣說的原因，可是馬上就打消了這個念頭，朝門口走去。

背後傳來他強烈的視線。不能回頭，感覺一旦回頭就會發生無法挽回的事。

距離門口還有幾步，我能安全離開嗎？跨過一個面朝下的裸男，要不是剛才看到他精神抖擻地把頭埋在女人的胸前，我會以為他已經死了。

房間一片死寂，好像裡面的每個人都正全神貫注地凝視著我的離去似的。

我聽見骰子骨碌骨碌的聲音。

最終章

「老實說，我真的沒想過還會再見到你。」

鈴木的嘴角隱約露出一點笑意，我也沒想到還能跟他再次喝酒。即使這是最後一次也好，但亦是第一次我們並非以卡術師和供應商的身分見面。

「一直以來謝謝你了，你幫助了我很多。」

我向他微微鞠躬，他也以招牌式的點頭回應我。

把那些證據交給神代之後已經過了一個月，我並沒有遇上交通意外，或是被某個不認識的女人刺殺。儘管如此，不知為何有種整個世界都變得不同了的感覺。

我沒有再進行過卡術相關的活動，就連本來預計要轉進自己帳戶的錢也暫時擱置了。我意外地發現即使沒有卡術，生活也能過得好好的。

「上一次你要我查的那個帳戶有什麼特殊意義嗎？」

鈴木問的是西野的帳戶。諷刺的是，鈴木把西野的帳戶資料發送給我的時候，我正在神代的酒店房間。離開酒店之後才查看簡訊的我，發現西野的帳戶內從黑木處收到的錢完全沒有動過，而且根本沒有一億圓，只有一千萬多一點而已。無法理解發生什麼事的我馬上致電給西野，可是電話已經無法接通了。

後來不管打電話或是發簡訊也無法聯絡得上她。就像對真田的方式一樣，她也從我的生活中消失了。

是因為黑木需要她答應某種條件，才願意幫她嗎？。事到如今，恐怕即使再怎麼追究也無法得知了。

不，真的是「無法」嗎？還是只是我故意這麼想？我已經無法分辨了。

「那個帳戶是屬於我唯一一個愛過的女人。」

雖然不確定自己有沒有這樣說的資格，但我還是這樣回答。

「喝完這杯也差不多是時候了吧？一切都準備好了嗎？」

鈴木瞥向我放在腳邊的行李箱。我看一看手錶，也差不多是時候出發了。

「是的，雖然沒有現實感，但終歸還是要面對的。」

「到了荷蘭之後，有什麼打算嗎？」

「暫時還沒有……目前也只是租了兩星期的酒店而已。我打算到達後，在大麻咖啡店慢慢再想。」

「聽起來很寫意呢……還會繼續進行卡術嗎？」

我沉默了下來。這一個月內我經常思考這個問題，可是一直沒有確定的答案。正如神代所說，他的一部分已經殘留在我的記憶中，一想起卡術的事情就會無可避免地回想起。但是，卡術早已深深的融入在我的人生中，就像其他已學會的技巧一樣，並非簡簡單單就能忘記的。

「我不知道……不過大概即使我想離開，總有一天還是會再次投身這個世界吧。」

「就像抽菸一樣吧。一旦曾經成為習慣，即使脫離了一段時間，說不定哪一天又會突然想抽……永遠不可能徹底戒掉的。最好的方法，就是從一開始就不要抽。」

鈴木從大衣內拿出了菸，點起了一根。

「畢竟再怎麼說，我也是個卡術師。」我說。

我跟鈴木道別後，直接坐上計程車前往機場。我不死心地再次發了簡訊給西野，告訴她自己正前往機場，要是可以的話至少想知道她現在的狀況。不管是多麼細微的反應，即使只是一個「嗯」字也好，我只想知道自己仍然跟她有聯繫。

我一直盯著手機螢幕發呆，生怕會錯過西野的回覆。儘管如此，即使到達了機場，它依然沒有任何簡訊或來電。

辦理好登機手續後，我在機場的大堂坐到最後的時刻才願意進入離境的區域。我一路觀察著來往的人群，不死心地尋找西野的身影。我幻想著她在最後一刻趕到——要是她真的突然出現的話，即使要我更改航班也沒關係。

我坐在登機口附近的咖啡店外，一邊喝著咖啡一邊等待登機。使用鈴木交給我的護照時，海關人員完全沒有表現出任何異樣就面無表情地讓我通過了。雖然護照本身是真的，但實際使用的時候我還是不禁直流冷汗。我打開個人資料的那一頁，茫然地打量著我現在的名字「前野直人」——不再只是在網絡世界使用其他人的身分，而是澈底在真實世界變成了另外一個人。

一個正值花甲之年、有著銀色髮絲的男人坐到我的旁邊。他向我點頭示意，手上拿著一份捲起來的報紙。本來只是看了他一眼，沒想到他卻突然主動跟我聊天。

「你也是在等這班飛機嗎？」

他指了一指我的登機口。是乘坐同一班機的人嗎？我露出禮貌性的微笑，向老先生點點頭。

「真羨慕呢，這麼年輕就獨自一人到歐洲去。」

雖然有點疑惑，但仔細想的話恐怕任誰一看都知道我是獨自一人吧。我苦笑了一下，反正距離登機還有點時間，能有個人陪自己聊天也正好讓我不致感到無聊。

「事實上，這趟行程已經計畫了很久……只是現在才真正下定決心而已。」

「那是什麼意思？」

「要說明起來很難呢……總而言之就是發生了很多事情……老先生你呢？」

老先生露出溫和的表情，好像在對我說「我明白」一樣。

「看來你也是個有故事的人呢……以前我總是把精力放在工作和家庭上，幾乎都沒有好好想過自己的事情，然後就像你說的發生了很多事情……結果回過神來的時候已經到了這把年紀了。」

他把身體稍微靠近我，好像我們因為閒聊而變得熟稔了似的。我們的視線都看著外面來來去去的飛機。

「老先生也是自己一個人旅行嗎？你的家人呢？」

「早就沒有聯絡了。我現在是自己一個人。」

一瞬間覺得自己好像把氣氛弄得很尷尬，果然我並不擅長應對這種情況呢。

「……不好意思。」

「不不，別在意。就像我剛才所說的……發生了很多事情呢。活到了這把年紀，不管發生什麼事都不會覺得奇怪了。」

他把身體大幅度傾向我的方向，從下而上打量著我，我突然感到一陣寒意。突然間，他的眼神透出一種類似神代的感覺——那種無法從中解讀出任何感情，卻又使人不寒而慄的眼神。他拿著報紙的手似乎動了一下，我瞥過去一看，發現報紙仍然是捲著的。

「說起來，我都忘了自我介紹呢……」

老男人靠得越來越近，近得幾乎能夠觸碰到我了。

「我姓西野。」

（全文完）

要推理88　PG2592

要有光
FIAT LUX

卡術師

作　　者　　軸見康介
責任編輯　　喬齊安
圖文排版　　蔡忠翰
封面設計　　王嵩賀

出版策劃　　要有光
發 行 人　　宋政坤
法律顧問　　毛國樑　律師
印製發行　　秀威資訊科技股份有限公司
114台北市內湖區瑞光路76巷65號1樓
電話：+886-2-2796-3638　傳真：+886-2-2796-1377
http://www.showwe.com.tw
劃撥帳號　　19563868　戶名：秀威資訊科技股份有限公司
讀者服務信箱：service@showwe.com.tw
展售門市　　國家書店（松江門市）
104台北市中山區松江路209號1樓
電話：+886-2-2518-0207　傳真：+886-2-2518-0778
網路訂購　　秀威網路書店：https://store.showwe.tw
國家網路書店：https://www.govbooks.com.tw
總 經 銷　　聯合發行股份有限公司
231新北市新店區寶橋路235巷6弄6號4F
電話：+886-2-2917-8022　傳真：+886-2-2915-6275

出版日期　　2021年7月　BOD一版
定　　價　　350元

讀者回函卡

Printed in Taiwan

國家圖書館出版品預行編目

卡術師/軸見康介著. -- 一版. -- 臺北市 : 要有光, 2021.07
面； 公分. -- (要推理 ; 88)
BOD版
ISBN 978-986-6992-76-6(平裝)

857.7 110009591